FEB 2018

DESVANECIDOS DIFUNTOS

PACO IGNACIO TAIBO II es narrador, periodista, historiador y fundador del género neopoliciaco en América Latina. Sus libros se publican en veintinueve países y una veintena de lenguas. Ha ganado tres veces el Premio Dashiell Hammett, además del Premio Planeta en México, el Premio Bancarella en Italia y el Premio 813 en Francia, entre otros.

Días de combate

Cosa fácil

Algunas nubes

No habrá final feliz

Regreso a la misma ciudad y bajo la lluvia

Amorosos fantasmas

Sueños de frontera

Desvanecidos difuntos

Adiós, Madrid

PACO IGNACIO TAIBO II

Desvanecidos difuntos

Diseño de colección: Liz Batta
Imagen de portada: © Shutterstock
Sello de portada: Darío Castillejos
Fotografía del autor: Citlali Hernández Mora

© 1991, 2013, Paco Ignacio Taibo II

Derechos reservados

© 1999, 2007, 2013, Editorial Planeta Mexicana, S.A. de C.V.
Bajo el sello editorial JOAQUÍN MORTIZ M.R.
Avenida Presidente Masarik núm. 111, 2o. piso
Colonia Chapultepec Morales
C.P. 11570, México, D.F.
www.editorialplaneta.com.mx

Primera edición en *Obras de Paco Ignacio Taibo II:* abril de 1999
Primera edición en Booket: septiembre de 2007
Primera edición en esta presentación: octubre de 2013
ISBN: 978-607-07-1910-3

No se permite la reproducción total o parcial de este libro ni su incorporación a un sistema informático, ni su transmisión en cualquier forma o por cualquier medio, sea éste electrónico, mecánico, por fotocopia, por grabación u otros métodos, sin el permiso previo y por escrito de los titulares del *copyright.*
La infracción de los derechos mencionados puede ser constitutiva de delito contra la propiedad intelectual (Arts. 229 y siguientes de la Ley Federal de Derechos de Autor y Arts. 424 y siguientes del Código Penal).

Impreso en los talleres de Litográfica Ingramex, S.A. de C.V.
Centeno núm. 162-1, colonia Granjas Esmeralda, México, D.F.
Impreso y hecho en México – *Printed and made in Mexico*

*Esta novela es para Lilia Pérez Franco,
que me regaló un pedazo de la historia
que aquí se cuenta.*

Nota del autor

Respecto a *Desvanecidos difuntos*, no sobra decir que aunque está inspirada en la rebelión de los maestros oaxaqueños y chiapanecos, se encuentra ubicada en una inexistente región del suroeste de México.

*No hay tal cosa como normalidad,
tan sólo hay apariencia de normalidad.*
David Lindsay

*El mejor de ellos tenía el poder de
resucitar a los muertos.*
Jerome Charyn

I

> *Los maestros vinieron del sur...*
> Paco Pérez-Arce

Primero llegó el rumor de los gritos; luego, desde el fondo de la avenida, extrañamente despejada de camiones y automóviles, inusualmente solitaria, aparecieron las enormes mantas a lo lejos, rojas y blancas, llenas de dibujos, que oscilaban como un mar en fiesta.

—Hay que ser muy pinche culero y mexicano de octava clase para que no te dé orgullo ver desfilar a esta raza —le dijo sentenciando Carlos Belascoarán, su hermano menor.

Héctor, que se sabía mexicano cuando mucho de tercera, no entendió bien el sentido de la frase. Le gustaban los maestros que venían del sur, sus rostros aniñados, su apariencia de campesinos sin tierra, sus bolsas de plástico con mangos rebanados, que parecían ser el único sustento existente y posible; su tenacidad, sus infantiles alegrías, su endiablada terquedad. Habían traído loco al gobierno durante los últimos dos meses con marchas, caravanas al DF, plantones, asaltos al local del sindicato amarillo, cortes de carretera, sentadas en el Zócalo. Le gustaban sus cantos originados en el remoto arsenal prehistórico de la izquierda nacional: el *Yo quiero que a mí me entierren* de Óscar Chávez, el *Venceremos* chileno, el *No nos moverán* de Joan Báez, mezclados con los cantos infantiles: *Naranja dulce*, *La bamba*, *A la víbora de la mar*, cambiando las palabras para exigir aumentos de salario y democracia sindical. Le gustaba la maestra del vestido floreado de tres piezas, que escupía en el asfalto para hacerse saliva; y el maestro con rostro de sacerdote maya, de no más de dieciocho años, que avanzaba con los dos puños en alto, casi inmóvil en sus movimientos, casi consciente de haberse vuelto parte de una fotografía; y la joven profesora de trenza y mandil de cuadritos, con la timidez virginal pero el grito rasposo; y el profe de matemáticas de pelo negro erizado por la mezcla del sudor y la tierra suelta de la carretera. Le gustaban las mantas, pedagógicas, explicativas, llenas de dibujitos como los que se hacían en el pizarrón para ilustrar clases de historia, describir el sistema muscular, desarrollar las cuencas hidrológicas en Sudamérica, mostrar los cortes transversales de la corteza terrestre, explicar las miserias mexicanas. Le gustaban, pero no lo llenaban de orgullo, más bien lo inundaban de una vaga y difusa sensación de culpa. Eran como él, pero él no era como ellos.

—Mira, ahí está la licenciada Calderón —dijo Carlos señalando a alguien perdido bajo la enorme manta que encabezaba la segunda sección de la columna que avanzaba por Reforma, para invadir por segunda vez en aquella semana la Plaza Mayor, el centro ritual del DF, el Zócalo de todos y de nadie.

Héctor rastreó con la mirada y sólo vio una fila de maestros casi adolescentes y la mayoría chaparros, pero ninguna licenciada. Carlos hizo unos gestos y una jovencita de pelo muy negro, amarrado con una cinta guerrerense bordada, vestida con el uniforme de mezclilla de los activistas políticos de los sesenta (época en la que debería haber tenido entre tres y cinco años), se desprendió de la columna y se acercó a la banqueta, donde los dos hermanos contemplaban el paso de la marcha tomándose una Cocacola en un puesto ambulante de hot dogs.

—Quihúbole, Carlos.

—¿Cómo estás, lic? Te presento a mi hermano Héctor.

Muy ceremoniosos, licenciada y detective se dieron la mano. Era más baja que Héctor, miraba con fijeza; el rostro de un color moreno muy suave, homogéneo. Traía el brazo izquierdo roto y enyesado, en cabestrillo.

—¿Éste es el hombre que nos va a encontrar al muerto? —le preguntó a Carlos la licenciada Calderón sonriendo. Tenía los ojos muy verdes.

La raza, como si hubiera escuchado estas palabras y actuara en nombre de un conjuro social que funcionaba mejor que los pases mágicos de Merlín, comenzó a gritar: «¡Medardo Rivera,/ te queremos aquí afuera! ¡Medardo Rivera,/ te queremos aquí afuera!». Héctor, que no creía en las coincidencias después de treinta y ocho años de mexicano en activo, pensó que los maestros del sur estaban mejor organizados de lo que cualquiera pudiera imaginarse.

Metió en una bolsa de mano dos camisas, dos novelas policiacas de Roger Simon y *Los condenados de la tierra* de Frantz Fanon (quién sabe por qué actuaba con el convencimiento de que sería el libro *ad hoc* para este nuevo viaje), seis pares de calcetines y un cuchillo cebollero que trajo de la cocina. Cuando tenía tres años había pasado un montón de horas arrullado por las historias de una sirvienta sureña, del mismo estado de los maestros insurrectos, y en la memoria le había quedado la poderosa certeza del recuerdo de que por allá se usaban los duelos a muerte con cuchillo cebollero. Por si las dudas guardó también una escuadra .45 y dos clips. Tras observarla de nuevo, se echó al bolsillo la foto del supuestamente difunto Guadalupe Bárcenas. Pegó sobre el espejo un pequeño recado destinado a la inexistente muchacha de la cola de caballo, que de vez en cuando se metía en su vida: «Me fui, al rato vuelvo», y sin despedirse de la ciudad de sus angustias, tomó un taxi hasta la TAPO y ahí el primer camión hacia el suroeste de una línea de autobuses que llevaba el premonitorio nombre de Cristóbal Colón. La ciudad, interminable en la despedida, se fue haciendo distante.

Durmió las primeras seis horas del trayecto. Leyó una de las novelas durante las siguientes tres. Anochecía al llegar a Oaxaca. Alquiló una camioneta Ford que tenía vejez prematura y siguió el largo viaje a las montañas. Llegó a San Andrés a las tres de la madrugada. Estacionó el vehículo enfrente del Palacio Municipal y bajo una farola, se acomodó en el asiento trasero y se durmió. Soñó con duelos de cuchillos cebolleros, librados contra japoneses practicantes de kung-fu, que mañosamente portaban sombreros de charro para desconcertarlo. Fue un sueño placentero, divertido incluso. Un sueño que se sabía sueño. La realidad era siempre más hosca.

El pueblo amaneció entre la niebla que bajaba de las colinas filtrándose por las rendijas de la camioneta y humedeciéndole la camisa, y el detective decidió que mientras no hallara al difunto se iba a dejar crecer la barba. La conexión entre ambas premisas no estaba muy clara, pero a estas alturas biográficas, al borde de encontrarse frente a los cuarenta años, no le importaba demasiado una minucia como ésa. Deambuló por la pequeña ciudad buscando las instalaciones de una feria que sabía no andarían por ahí. El pueblo tenía una sola calle asfaltada: la central; el resto, veredas malamente empedradas que subían y bajaban hacia cerros y cañadas. Tierra suelta por todos lados. Comió tacos de albóndiga que vendía en una esquina una mujer ladeada sobre el fogón.

—¿Usted conocía a Medardo Rivera?
—El maestro.
—Sí, el maestro.
—El maestro Rivera no mató a Lupe Bárcenas. Ese jijo de su madre hace una semana se echó un taco como el suyo, joven —dijo la mujer sin que se lo preguntara y luego volvió a sus asuntos removiendo el guiso.

Parecía que el pueblo había tomado partido ante los hechos. Eso esperaba. En la lógica de Belascoarán, eterno participante de historias ajenas, no había nada más terrible que las sociedades de observadores.

Héctor contempló con apariencia de sabiduría el taco que se estaba comiendo mientras pensaba en una nueva pregunta, pero la mujer se había encerrado en su guiso y tornado muda.

Encendió un cigarrillo y siguió caminando por San Andrés envuelto en un halo benigno.

II ¿Y a qué horas mató el tal Medardo Rivera al tal Lupe Bárcenas?

> *Elimina uno a uno todos los otros factores y el que persiste debe ser el verdadero.*
>
> SHERLOCK HOLMES
> (según Conan Doyle en *El signo de los cuatro*)

—A ninguna —dijo la licenciada Marisela Calderón Galván, de veintiséis años, nacida en la Costa Chica del Pacífico Sur y titulada para su desgracia en la Facultad de Derecho de la Universidad de Guerrero en Chilpancingo, que tenía una de las peores famas académicas al sur del río Bravo, aunque ella había coleccionado un casi doctorado en La Sorbona (inconcluso a falta de tesis) y un diploma de maestría en derecho laboral en la UAM-Azcapotzalco. Pequeña dama sacapresos políticos, defensora de tomatierras y de boxeadores *amateurs* olímpicos prematuramente sindicalizados.

—A ningunas pinches horas, si ese güey, con perdón, no se murió.

Se arregló el penacho que insistía en escapársele del peinado y continuó:

—No lo mató, porque ese cabrón, con perdón, no está muerto. Sigue vivo... Ahí le va en orden: Medardo se había estado bebiendo unos sotoles en la casa de la Chata, que en las noches es burdel, pero en las mañanas sólo es cantina y panadería, en San Andrés, hablando con unos campesinos mixes. Era un sábado por la mañana, tempraneando, y lo de los sotoles no era por pedo, ni para la cruda, sino por el pinche, con perdón, por el pinchísimo frío que hace por allá. Eran como las seis y media y él daba clases a un grupo mixto de cuarto, quinto y sexto de primaria, allá en la federal. Compró tres barras de pan en la tienda de Gerardo, porque les repartía pan a los chavos de su salario, y se fue a la escuela caminando de a saltitos, como siempre. Quería terminar las clases a las once porque tenía una cita a la una en Vicente Guerrero, como a quince kilómetros de allí, con unos maestros bilingües que estaban en una bronca de comunidades, ayudando por lo del carbón. En esos momentos le caen tres judiciales del estado y a punta de pistola lo avientan dentro de un *jeep*. Hijos de su puta madre, todo el pan quedó por el suelo. Llega a la capital con una herida en la ceja de cinco centímetros, dizque porque se resistió al arresto, y las costillas llenas de moretones. Lo acusan de haber matado a un tal Lupe Bárcenas, vecino de San Andrés. Pero ahí viene la bronca. Yo no dudo ni tantito que si Medardo se calienta de frente y en buena fe, se espachurra a un pinche cristiano, pero no es el caso. No, éste sí era cristiano, pero no está muerto. Y entonces le dicen: «Está usted acusado del asesinato de Lupe Bárcenas». Y entonces Medardo les dice: «¿Y cuándo maté a ese señor?». Y le contestan: «Siendo la de autos del tres, se dice del 6 de diciembre, como a las once horas de la mañana, se encontró el mencionado Rivera con el ahora difunto Guadalupe Bárcenas Arroyo en la ciudad de San Andrés, en la plaza central, al pie de una rueda de la ninguna, se dice rueda de la fortuna, y habiendo cruzado palabras injuriosas, le disparó dos balazos con una calibre .38 que ocultaba bajo el chaleco, dejándolo muerto ahí mismo en el momento». Medardo, que es buenísimo para las fechas, preguntó: «El 6 de diciembre, ¿verdad?». Y cuando se lo confirmaron les dijo: «El 6 de diciembre yo no estaba en San Andrés, estaba en el bautizo de mi ahijado, el hijo del profesor Cabestrán, en la sierra, como a ochenta kilómetros de ahí, y mire nomás, aquí traigo una foto de polaroid de cuando yo bautizaba a mi ahijado. Mírela, el de la derecha soy yo, el que traigo cargando es mi ahijado, Aniceto Cabestrán, y debe haber de menos doscientos cincuenta testigos de lo que estoy diciendo. En segundas, en esos días, en San Andrés no había rueda de la fortuna, porque los de la feria vinieron para las fiestas del pueblo y no se quedaron más que hasta el 4 de diciembre; de manera que cuál pinche rueda de la fortuna. En terceras, Guadalupe Bárcenas, ese hijo de la rechingada, no lo maté yo ni lo mató nadie, porque ayer estaba vivo. Y en cuartas, si necesitan ustedes más, yo nunca he tenido un pinche chaleco en toda mi vida, bola de mamones».

Marisela sonrió, se acomodó los cabellos que tendían a deslizarse sobre el puente de su nariz respingada, se quitó una inexistente mancha de polvo de su roñosa chamarra de mezclilla, sobre la manga suelta que cubría el brazo enyesado, y siguió la historia:

—Todo verificado. Medardo estuvo en el bautizo, no había rueda de la fortuna, no tiene chaleco, y al muerto nadie lo vio muerto, todo lo contrario. Pero imposible sacarlo de la cárcel. El juez es un panzón que está sordo, nomás oye cuando le gritan desde arriba, y puras cárceles de papeles. Aparecieron informes del Ministerio Público que dizque levantó el cadáver, informes de testigos, fotos de las balas, ¿cuáles balas?, quién sabe, pero unas balas, y como los expedientes se hacen con papeles, otra pericial, y luego a demostrar que las balas ésas las usaron para cazar puercos salvajes en Ciudad Nezahualcóyotl; hasta una pinche, con perdón, una pinche foto de la pinche rueda de la fortuna, que aunque les demostráramos que no estaba allí ese día, la foto estaba en el expediente, como si probara un carajo.

»Y luego viene un mamón antropólogo francés y dice: "¡*C'est maravilleux, le magique mexicaine!*". ¡Mis ovarios! ¿Dónde está lo maravilloso en que el puto de Kafka sea el papacito del Poder Judicial? Todo es absurdo. Yo pido que exhumen el cadáver, ellos me enseñan un certificado de cremación del cuerpo y ofrecen como prueba la urna con las cenizas. Yo pido un análisis pericial de las cenizas para saber si son humanas, y ya me entrampé, porque ellos tendrían que demostrar que hubo un muerto y que a ese muerto lo mató Medardo, y aquí me tienes tratando de demostrar que las cenizas son de borrego después de una barbacoa, o que son los huesos de doña Eulalia Guzmán, mezclados con los huesos de Cuauhtémoc. Y si son los huesos de otro cuate, resulta que la prueba viene contra nosotros. Pero han de ser de borrego, porque se niegan a la prueba diciendo que por respeto a los parientes... Yo les muestro una foto de Bárcenas dos días después de muerto empedándose en San Andrés con el presidente municipal y el jefe de los judiciales, una foto que tomó otro maestro, y ellos me dicen que esa foto es de antes, que pueden llamar a declarar al presi y al judas, que lo corroborarán. Total que es una trampa por un lado y por otro. Yo les pido la pistola y ellos la muestran, les digo que comprueben que es de Medardo y me dicen que el profe Rivera no tenía permiso, con lo cual añaden a los cargos ya existentes el de portación ilegal de armas. Medardo quiere empezar una huelga de hambre, los maestros de la montaña amenazan con una huelga general indefinida. Total que casi me suicido, porque ahora sé para qué sirven en México ocho años estudiando derecho. Para nada. Para una pura, reverenda y celestial chingada. Y entonces el día de Reyes, cuando el señor y licenciado góber les está repartiendo juguetes a los niños pobres, que viva el populismo, le meto un codazo al secretario general de gobierno del estado y me meto enfrente de él y le digo, cuidándome la retaguardia: "Señor gobernador, parece mentira que se haya montado un fraude así para meter al bote a Medardo Rivera", y él se para en seco y me dice: "Señorita, no sé de lo que me está hablando", y yo le contesto soltándome del brazo de un guarura que me está jalando para la segunda fila: "Al dirigente de maestros lo acusan de un asesinato que no cometió. El hombre que dicen que mató está vivo y anda por la calle. Es un escándalo, señor gobernador", y le muerdo la mano a otro guarura que me está jalando de la correa del morral. Y él me dice: "Licenciada Calderón, si usted me trae al muerto, en cinco minutos dejamos libre al profesor Rivera. Tiene mi palabra. En ESTE estado NO se juega con LA ley." Y yo le medio digo, cayéndome de lado porque un policía me está tironeando de la mano: "Le tomo la palabra, señor gobernador"».

Marisela Calderón Galván tomó aire, sonrió cándidamente y dijo:

—Y por eso, sólo por eso, para que nos traiga de los huevos, con perdón, de los mismísimos huevos, carajo, cada vez soy más malhablada, al pinche muerto, la asamblea democrática de maestros le paga un millón de pesos.

Esperó una respuesta. Al no haberla, se dio por satisfecha; si alguien no se niega, acepta, consciente por omisión, eso hasta en la escuela del derecho positivo mexicano quedaba claro.

—Y hasta barato nos sale si ponemos a Medardo en la calle —remató—. ¿El brazo? No, el brazo me lo rompí jugando *squash* en la parte de atrás de catedral, con los de la huelga de hambre de la Cervecería Modelo. Por pendeja.

III

> *Ahora bien, yo tengo por norma despojarme*
> *de todo prejuicio y seguir con docilidad*
> *la dirección en que los hechos me llevan.*
>
> SHERLOCK HOLMES
> (según Conan Doyle en *Los hidalgos de Reigate*)

Héctor caminó erráticamente por el pueblo, observando y sabiéndose observado; una escala inferior a la vigilancia: miradas hoscas por allá, curiosidad de niños, un comentario de un par de tipos que salían de una tlapalería con sendos sacos de cemento al hombro...

Un airecito helado bajaba de la sierra. La iglesia era muy pequeña, blanquecina, parecía más bien una capilla del desierto del norte que una iglesia barroca y deteriorada por la miseria del suroeste. El cura lo esperaba en la puerta, con un hábito negro empolvado.

—Hay que dejar muertos a los muertos, joven —dijo de entrada y sin saludar.

—¿Y si están vivos?—preguntó Héctor sintiéndose liberado del *buenos días*.

—Por algo será —respondió el cura, que a Héctor le latió era jesuita de Lovaina, adepto al tequila en casa de funcionario y al chocolate con churros en rancho de latifundista—. Me dicen que usted vio a Lupe Bárcenas la semana pasada —dijo Héctor buscando una respuesta equívoca.

—Válgame Dios —respondió el cura, estornudando después.

—Cristo dijo que a los curas que mienten les crece la nariz como a Pinocho —dijo Héctor mezclando sabidurías infantiles.

El sacerdote carraspeó. Efectivamente, era un cura de nariz grande, digno de ser víctima de un soneto de Quevedo.

—El que busca problemas los encuentra, hijo mío —dijo el cura.

—El que busca la verdad da un chingo de lata, pero su fin justifica las molestias... Y además mi padre no sólo era ateo, también era gente decente —contestó el detective y le guiñó al cura su ojo solitario.

Héctor salió huyendo sin prolongar el duelo. Tenía que buscar a los aliados. Antes de poder encontrarlos, se le apareció a la vuelta de una tienda de abarrotes un hombre armado con una escopeta, que sin presentación le dijo:

—Fue de amores, joven. Había una mujer que los dos querían. Por eso se mata aquí, por males de amores, por pendejadas de viejas. *Delitos de propiedad de nalgas*, los llama el juez, que le pone nombres bien chinguetas a las cosas.

—¿Con quién tengo el gusto? —preguntó el detective.

—Ladislao Reyes, jefe de la rural, la policía municipal aquí —contestó el gordo mostrando la escopeta y rascándose con el doble cañón las cejas tupidas.

Detective y policía se miraron sin mirarse mucho. Luego se quedaron callados, contemplando el pueblo.

Vieron pasar un camión repartidor de cervezas que circulaba levantando el polvo, una recua de mulas cargada de leña, un chavo gordito con una carretilla llena de ladrillos que se le ladeaba peligrosamente, dos beatas rumbo a la iglesia, siete borrachos vestidos de beisbolistas.

—¿A usted qué tal le cae el profesor Rivera?

—Mal, pero es derecho —contestó el policía.

—¿Y el tal Lupe Bárcenas?

—Bien, pero es un hijo de la chingada.

Héctor creyó descubrir un resquicio de solidaridad en la respuesta. No había tal, pura objetividad policial.

—¿Y a qué se dedica el muerto?

—Se dedicaba al pedo ajeno. Era dueño de la concesión de la Modelo en el municipio. Pal velorio hubo cerveza gratis para todos.

—Hasta para él, me dijeron —respondió Héctor.

—Alguna se ha de haber tomado... Hasta después de muerto era bien pedo.

—¿Y la mujer de la que según usted estaban enamorados?

—La China, si quiere se la muestro. Yo lo llevo para que vea que hay buena fe de las autoridades del pueblo.

Héctor siguió al policía que iba haciendo pequeños molinetes con la escopeta. No había tenido que presentarse, ni decir qué andaba buscando. Todo era sabido.

Una mujer que vendía tacos, un cura, un policía, le habían caído de frente dándole respuestas a preguntas que no había hecho. En este pinche pueblo todos eran adivinos, o él era excesivamente transparente y viajaba con un letrero en la espalda que decía: «Pendejo averiguando.» Ninguna alternativa era satisfactoria. Apenas si caminaron unos cuantos pasos. No había puerta, sólo una cortina roja colocada a mitad de una casita blanca de una sola planta. La cortina se quedó flotando a sus espaldas un instante en el airecillo de la sierra.

De una rocola llena de luces de colores salían muy suaves corridos norteños. Otra vez el equívoco, el norte del país se superponía al sur, cambiándolo, confundiéndolo. La cantina era tierra de nadie. Una mujer con un pecho al aire libre, escuálido y puntiagudo, y un par de rizos rompiendo el peinado. Dos borrachos tristes y silenciosos ignorando su pechuga y acodados sobre la barra, y una mujer en una de las tres mesas, descansando la cabeza sobre un mantel de plástico floreado y lleno de quemaduras de cigarrillo. El policía la señaló con la escopeta, luego se puso a rascarse el culo sobre el pantalón con la mano libre, como si sus servicios ya no fueran requeridos.

Héctor la contempló con calma. La mujer no parecía darse por enterada.

—China, aquí el señor te habla —colaboró el poli.

La mujer levantó la cabeza de la mesa y contempló al detective tuerto. Tenía la mirada vidriada, fugitiva. Desde luego, no parecía china. Una mestiza probablemente de origen zapoteco, con los pómulos erguidos y la piel brillante surgiendo de una blusa amarilla.

—Cuéntale del profe Rivera y de Lupe Bárcenas —colaboró de nuevo el policía.

—Venían aquí los dos, seguido venían —dijo la mujer casi recitando—. Y no les gustaba turnarse. Ellos dicen que fue por eso que se mataron.

Miró fijamente pero con desgana al detective. Héctor se preguntó quiénes eran «ellos».

—Una vez Rivera amenazó a Bárcenas. ¿A poco no? —colaboró de nuevo el agente.

—Una vez —dijo ella—. ¿Pagas algo, Ladislao?

—El señor paga —contestó el policía señalando a Belascoarán con la escopeta, prolongación de su brazo. Héctor asintió. Se hacían las cosas que se tenían que hacer.

—Le dijo que era una mierda, no le mentó la madre ni nada —comentó la China mientras se acercaba a la barra a recoger una copa de mezcal que le tendía la despechugada. Héctor arrojó sobre la barra una moneda de cinco mil pesos. La mujer la embolsó sin dar signos de devolver el cambio.

—¿Y estaban enamorados? —preguntó de repente el detective; la voz le salió más ronca que de costumbre.

—Uno del otro a lo mejor, chance eran putos y ni ellos lo sabían —se rio la mujer—. De mí ya no se enamora nadie —respondió la China. Luego se subió la falda roja hasta mostrar la ropa interior y se dejó caer en la silla. Héctor miró al policía.

—Ni modo, ¿qué quiere? —dijo el policía disculpándose y remató, alzando los hombros—: Aquí las historias de amor son pinches.

Parado enfrente de la que le dijeron era la casa de Lupe Bárcenas contempló sobre la pared un crespón de luto. En una ventana apareció la silueta de una mujer vestida de negro. Héctor decidió no tocar el timbre a un lado del portón de madera.

Al pasarse la mano sobre las mejillas notó que la barba ya le estaba creciendo. Se sentía fuera de lugar mientras el aire frío de la sierra mataba los últimos restos del calor. Pero eso no era nuevo. Siempre estaba fuera de lugar. No había escenarios propios, tan sólo escenarios prestados, construidos a propósito para él, actor desesperado lanzado a mitad de la representación y en el centro de las tablas sin guión a mano, sin vocación posible, sin capacidad para improvisar. Estaba perdido en aquel pueblo en que los aliados no aparecían y todo el mundo tenía respuestas para inexistentes preguntas. Pero también había estado perdido en el centro del DF, en el interior de su cuarto hacía una semana, oyendo historias en el radio que hablaban de un país extraño que decían era el suyo. Comenzaba a perderse en la niebla de México, a no reconocerse en las calles. Estaba envejeciendo y con la edad venía la sensación de extrañeza, de ausencias, de pequeñas amnesias respecto a cosas que deberían haber sido importantes, pero que se le había olvidado apuntar en el corazón. Ni siquiera se sentía triste por sí mismo. Comenzaba a parecerse al hombre que estaba buscando. Ambos perdidos en San Andrés.

IV

> *En el arte del detectivismo resulta*
> *de la mayor importancia saber distinguir*
> *entre los hechos accesorios y los fundamentales.*
>
> SHERLOCK HOLMES
> (según Conan Doyle en *Los hidalgos de Reigate*)

Tomó la camioneta rentada y manejó hasta la capital del estado por una carretera secundaria. Cuando estaba acercándose, las paredes pintadas comenzaron a repetir el mensaje: «Libertad Rivera.» Letras con goterones rojos resbalando de sus bordes inferiores que decoraban bardas y paredes de loncherías, rejas metálicas de refaccionarias y blancas paredes de supermercado. No habían perdonado una. Diferentes manos, diferentes botes de pintura, diferentes estilos, incluso variada ortografía: «Livertad Ribera», que hacía suponer que algunos de los alumnos del profe no habían terminado el año.

Tuvo que dejar la pistola en las oficinas del director de la cárcel, junto con llaves y reloj. «Nada metálico», le dijeron. Sin embargo, sorteó los trámites sin que le pusieran demasiados obstáculos. Hasta parecían ayudar, favorecer. «No es día de visitas, las visitas son los martes y jueves, y en la mañana, joven, pero si usted vino desde México...». Parecían haberlo estado esperando. Recorrió los pasillos que daban vueltas interminables, con celdas enormes, de catres metálicos y suelo empedrado a ambos lados. No había presos en ellas. Fue a dar a un patio soleado donde una docena de reclusos haraganeaba o jugaba al frontón, vigilada por tres policías con uniforme azul incompleto y máusers de cerrojo colgados al hombro. Su guía, un policía silencioso, le señaló a un hombre sentado en el suelo, la espalda contra una enorme barda coronada a unos tres metros de altura por alambre de púas, que buscaba la sombra mientras leía.

Otros cuatro presos, en calzoncillos y con el cuerpo cubierto de sudor, jugaban frontón contra la pared opuesta. Era un juego de parejas, dos peludos y dos calvos. Rivera estaba más vestido que ellos: pantalones vaqueros y una camiseta; lentes de arito colgando de la punta de la nariz. Leía una vieja edición del Fondo de Cultura Económica de *La región más transparente*.

Héctor sonrió.

—Me contrató su abogada para que encuentre a Guadalupe Bárcenas —dijo Héctor.

El profesor Medardo Rivera levantó la cabeza de las páginas de Fuentes, llenas de niebla en un DF que ya no existía, casi a fuerza, como arrepintiéndose de tener que dejar de leer.

—Ya me dijo. A muchos compañeros no les pareció buena idea, pero a mí sí, me gustó la idea un chingo. Está a toda madre meter un detective en este desmadre. En México no hay. Un detective independiente... De pelos. Siéntese amigo.

Héctor permaneció de pie, encendió un cigarrillo. Rivera y él tendrían la misma edad, aunque seguro que

Rivera tenía una mejor biografía, menos pendejadas cometidas, más amores colectivos. Atraídos por las voces de una discusión entre los jugadores de frontón se quedaron un instante contemplándolos.

—Los pelones son abigeos, robavacas, por eso les cortan el pelo, para que cuando salgan todo el mundo sepa. Los mechudos son maestros, presos políticos por problemas de luchas de comunidades contra los caciques. Los trajo el ejército aquí; uno de ellos, el de la nariz chueca, estaba medio muerto.

—¿Y quién va a ganar el partido?

—Ganan los abigeos siempre, amigo. ¿En este pinche país qué se podía esperar?

—Que ganaran los profes y luego se los transaran a la hora de contar los tantos.

—Eso pasa cuando cuentan los polis de guardia, pero nosotros dijimos que si el conteo no se llevaba entre nosotros y en voz alta, se acababa el juego para siempre. Y aquí dentro tenemos la ventaja. Hay veintisiete políticos y, entre los que entran y salen, como quince comunes nada más. Esta cárcel no es la realidad. Esta cárcel no sirve para las estadísticas. Sólo hay dos violadores de menores y están encerrados porque los demás amenazamos con darles un fierrazo si los soltaban en el patio. Tenemos libros y no hay que andar robándolos en las librerías, nomás pedirlos prestados a la biblioteca de la universidad y los mandan. Aquí es Jauja, amigo. Hasta se comen buenos tacos de chingaderas raras. Los cocineros son presos, no hacen trampas. Aquí no es México, es medio México, pero más libre, mejor organizado.

—¿Le gusta la cárcel, profesor?

—Nos hablamos de tú, ¿no?

Héctor asintió. Rivera se quedó pensando.

—El bote... No. Pero son vacaciones, amigo... ¿Y tú eres de la escuela deductiva o inductiva?

—Soy de la teoría de la terquedad.

—Coño, ésa es nueva. ¿Habrás leído un cuento de Conan Doyle que se llama «El bote oculto», verdad? Uno de Sherlock Holmes.

—No —contestó Belascoarán con todo cinismo, porque lo había leído, aunque hacía tiempo, un par de veces.

—De ahí es de donde saco todas mis desconfianzas con el método deductivo. Por culpa de ese pinche cuento le dije a mi abogada que ni loca te contratara sin antes estar segura de que eras absolutamente irracional, compadre.

Héctor encendió un nuevo cigarrillo con la colilla del anterior y contempló las paredes blancas que rodeaban el patio. De cualquier manera, Medardo Rivera le iba a contar la historia. Así eran todos los maestros de escuela que había conocido, hasta los buenos.

—Un tipo entra al 221 b de Baker Street, Holmes lo invita a sentarse, lo contempla atentamente y ante un Watson totalmente apendejado, le dice: «Usted, pinche monito, es periodista, está casado con una pelirroja y acaba de dejar el vicio del tabaco, lo que lo tiene muy angustiado. Es zurdo, católico, soldado que ha regresado recientemente de la guerra anglobóer, usa el reloj de su padre difunto y antes de pasar por aquí ha comido cerezas». Al tipo se le cae el fundillo al suelo y confiesa que sí. Que sí, que todo sí. Y entonces, uno, de pendejo, adora a Holmes y ya te vale madre toda la explicación que el pinche cocainómano flaco te echa después. Sólo la realidad puede ser tan mamona como la literatura.

Rivera hizo una pausa, le pidió a Héctor un cigarrillo con un gesto y se acuclilló en el suelo. Los dos jugadores de frontón derrotados, que habían dejado paso a una retadora, se unieron al grupo. Héctor se recostó en la pared.

—Lo del reloj está fácil: lo trae en un bolsillo del chaleco y es de tamaño inadecuado, hay que esforzarse para meter el reloj de concha, los bordes del pequeño bolsillo delantero están levemente descosidos, nadie usaría un reloj así si no fuera una prenda de estima, sin duda familiar, de un padre, por ejemplo, y nadie usa el reloj de su padre si no es porque el pinche padre éste ha muerto recientemente y en un gesto de amor filial te lo encadenas al chaleco y... Lo de casado con una pelirroja, Holmes la tiene fácil, lo deduce de las hebras de pelo de una longitud no habitual que el personaje lleva adheridas a la solapa, y de que los puños de la camisa del ciudadano están cuidadosamente recosidos, del modo familiar que sólo la esposa haría, remendando una y otra vez la insalvable camisa, muy lejos del desaseo habitual que el pendejo de Conan Doyle atribuye a los solteros. Del bolsillo del chaleco en que lleva el reloj se deduce fácilmente que nos encontramos ante un zurdo y eso explica las manchas de tinta fresca de imprenta que ostenta en el dorso de la mano izquierda, cerca de la muñeca, mucho más atrás que en el punto en que habitualmente apoya la mano izquierda un diestro cuando escribe. Las manchas de tinta sugieren un corrector de galeras, un tipógrafo, un periodista, pero los tres diarios que el personaje lleva descuidadamente doblados en el bolsillo de la chaqueta lo hacen pensar en un periodista, uno de los pocos personajes en el mundo victoriano que se toma la molestia de leer más de un diario, ello sobre todo por razones profesionales; y esta idea se confirma por la libretita de notas que asoma del bolsillo donde habitualmente debería portarse un pañuelo. El vicio del tabaco se muestra en las manchas de nicotina entre los dedos índice y corazón de la mano izquierda, nuevamente un zurdo, pero manchas viejas, ya desteñidas, no recientes, lo cual, unido a la ansiedad que el personaje muestra y que se expresa en que no sabe qué hacer con las manos, cosa normal en alguien que ha dejado de fumar y que acostumbraba tenerlas ocupadas con el cigarrillo, lo hacen concluir que se trata de un reciente exfumador; la religiosidad ha sido detectada por la pequeña cruz que le cuelga del cuello y por el desgaste de la tela de las rodillas del pantalón, que obedece sin duda al nefasto hábito de ir a misa frecuentemente. ¿De dónde sale lo del soldado, la guerra anglobóer y demás? Muy sencillo, se dice Holmes, que ya está fumando en pipa, para hacer las desdichas del otro pobre güey exfumador: el tostado sobre la frente con la franja pálida, porque allí no han dado los rayos del sol, que produce un salacot; la reciente llegada a Inglaterra de heridos de guerra, lo que explicaría la leve cojera, y así hasta llegar a los huesos de cereza en las valencianas del pantalón...

—¿Y luego? —pregunta Héctor rompiendo el compás de espera.

—No, pues que al pobre tipo al que le adivinaron la vida, podrían habérsela adivinado mal, y todo es truco literario: podría no estar casado con una pelirroja sino ser puto y el pelo de la melena roja pertenecer a su amante que es pintor, y las manchas son de trementina o de amarillo de zinc o no sé qué pedo, y no ser periodista sino apostador en las carreras de galgos y el que se murió no fue su papá sino su padrote, y el que le cose los puños es el pintor que se le da muy bien la pinche costura, y no comió cerezas sino pinches ciruelas, y quién chingaos sabe cómo fue a dar un huesito de cereza a la valenciana de su pantalón, y no es católico, sino ateo pero le tiene miedo a los vampiros por eso trae la pinche crucecita, y de pinche soldado, nada, y menos que acaba de llegar de la guerra bóer, que la mera verdad es que está tostado por el sol del lado izquierdo de la cara porque se sienta del mismo lado siempre en los galgódromos, y la cojera obedece a que se rompió la pata estando bien pedo.

Belascoarán se sumió en un silencio que quería parecer meditativo. Poco tenía que decir. Él ya sabía, mucho tiempo antes de estas extrañas revelaciones en una cárcel, que nada es lo que parece, que todo siempre es, más bien, lo que no parece; que toda explicación absurda se aproxima a la verdad más que otras, precisamente porque la verdad es absurda y se busca en un espejo de iguales.

—¿Dónde puedo encontrar a Guadalupe Bárcenas? —preguntó el detective de repente. Los jugadores de frontón se alejaron unos pasos. Una cosa era escuchar historias de Sherlock Holmes y otra meterse en negocios ajenos.

—Vete tú a saber, lo deben tener escondido, fuera del pueblo, en casa de la chingada. Capaz y le dieron bastante lana como para que se fuera para siempre y ahora ese güey ya no existe, y ahora hay otro güey nuevo en Veracruz o en Puebla o en Los Ángeles poniendo otra pinche taquería más... ¿Juegas frontón, detective?

—No, profe, me chingué la pata en la guerra anglobóer, pisando unos huesos de ciruela que creí eran huesos de cereza.

Al salir de la prisión estaba lloviendo. Héctor caminó cansinamente hacia su automóvil rentado y descubrió que además de valerle absolutamente madre Sherlock Holmes, su ojo sano lagrimeaba, como si estuviera irritado. Sin saber por qué le dieron ganas de ponerse a tararear *La cama de piedra*, de Cuco Sánchez. Quizá un efecto retardado de su visita a una cárcel...

En la carretera se vio obligado a detenerse varias veces a limpiarse el ojo con un klínex. Cuando llegaba a San Andrés el asunto comenzó a inquietarlo seriamente, el ojo estaba produciendo excrecencias verdosas, como si estuviera moqueando víctima de una infección. Cuando se tienen dos ojos, la cosa es grave, pero cuando se tiene uno solo y te encuentras en territorio enemigo, el asunto es realmente patético. Caminó hacia la única farmacia que había visto en San Andrés, tropezando y sintiendo que viejos miedos volvían a entrar en él con el impudor de un huracán no anunciado. La farmacia estaba cerrada.

Volvió a dormir en el interior del automóvil, sacudido por pesadillas, lleno de miedos que retornaban de todos los posibles pasados, incluso de aquellos que provenían de la lejana infancia.

V

> *En las mañanas, cuando permanecía*
> *indefenso ante el espejo del baño,*
> *secretamente se admitía a sí mismo,*
> *se confesaba, que con cada día que pasaba,*
> *comenzaba a parecerse un poco más*
> *al retrato de su licencia de automovilista.*
>
> LAURENCE GOUGH

—Es una ceguera temporal, por simpatía. El ojo malo arrastra al ojo bueno, lo afecta. El caso es que, durante varios años, un ojo ha estado haciendo el trabajo de los dos y entonces... Es como si el que hubiera trabajado más se quejara con el otro... Yo que usted no me preocupaba. Hasta puede ser nervioso, y como viene se va —dijo el doctor.

Héctor dirigió el rostro hacia la voz del hombre. Buscó un cigarrillo en la bolsa de la chamarra y se lo puso en la boca.

—¿Me lo puede encender?

Escuchó el sonido del encendedor y supuso que la llama estaba allí. Aspiró a fondo. Sintió el humo del tabaco caminando por la garganta. Localizó el cenicero tanteando y depositó el cigarrillo.

—¿Usted dónde se licenció en medicina, doctor? —preguntó Héctor tratando de disipar la súbita sospecha de que se encontraba ante un dentista.

—En la Universidad de Oaxaca; no soy oculista, yo me dedico a partero, pero lo suyo es como muy clarito, ¿no? —contestó la voz anónima.

Nada es verdad del todo si no se ve, pensó Belascoarán con una sonrisa amarga destinada más a sí mismo que al doctor adivinado: barbita de chivo, chaqueta blanca con manchas de mole en una de las mangas, aventuró.

—Entonces, voy a estar ciego —hizo una pausa buscando precisar—. Una semana, un mes, unas horas, quince días... ¿Cuánto?

—No lo sé —dijo el doctor.

Héctor adivinó que alzaba los hombros.

Un Héctor Belascoarán Shayne envarado y vacilante recorrió las calles de San Andrés tropezando con ramas de árbol derribadas por la lluvia, titubeando al cruzar las calles, perdido en el laberinto real de la ceguera, buscando en su cabeza referencias que no existían, borracho a los ojos de mujeres también inexistentes que se le aparecían de súbito en la conciencia a través del rumor. Perro enloquecido de Comala, blanco móvil macdonaldiano. Trató de endurecerse apelando al humor negro, recordando todos los chistes de ciegos que conocía, el de Stevie Wonder moviendo la cabeza para localizar el micrófono, el del perro de José Feliciano. Se detuvo en una esquina buscando las arrugas de la pared para afianzarse y unirse a algo, encendió un nuevo cigarrillo. Sabían diferente cuando no se veían. Más suaves, distintos. Las cosas eran otras; no sólo era que no pudiera verlas, también habían cambiado. El mundo alrededor de él mutaba. No se limitaba a ser un ciego, era un ciego absolutamente vulnerable.

Tropezó con un hombre que se identificó como vendedor de periódicos ofreciendo su mercancía y que a cambio de unas monedas (¿mil?, ¿cinco mil pesos?, ¿quinientos?, ¿ochocientos?) lo acompañó, tomándolo de la manga de la chamarra, hasta una casa donde había servicio de larga distancia. Pidió a la operadora que le marcara unos números de teléfono arrojándole una libreta de pastas negras y esperó arrinconado como feto en una pequeña cabina. Cuando escuchó el familiar sonido del llamado telefónico comenzó a tranquilizarse.

En rápida secuencia habló con la esposa de David, un amigo de la infancia que ahora andaba en Oaxaca y que se dedicaba a la ingeniería solar, construyendo secadores de café, calentadores de agua y cosas así para las comunidades, y que le explicó que su amigo estaba en algún lugar de Nochixtlán sin teléfono, montando un horno en una fábrica de azulejos. Intentó sin suerte localizar a una amiga en el norte de Chiapas que había pasado de jipiosa a industrial del turismo y cuyo teléfono había cambiado, y terminó hablando con el contestador telefónico de su empleadora, la licenciada Calderón, sin atreverse a confesarle a una máquina que estaba totalmente ciego.

Salió del sueño violentamente, alertado por el chirrido de la puerta. Llevó la mano a la pistola que debía estar bajo la almohada y no la encontró. Manoteó la colcha mientras trataba de que los sonidos le dieran alguna clave. La pistola estaba colgada de la bola que coronaba la cabecera de madera. Apenas llegó la mano a ella cuando una voz dio cuenta concreta de la presencia en el cuarto.

—Me dijeron que andaba ciego, ¿es cierto?

Héctor se cubrió las desnudeces con la sábana húmeda por el sudor de la noche y dejó descansar la pistola a su lado.

—Adelante, está usted en su casa —dijo. La voz le resultaba absolutamente desconocida. No tenía ninguna resonancia familiar. Pero estaba allí, y el miedo era a los fantasmas, no a las personas, ni siquiera a las que no podía ver.

—También me dijeron que me andaba buscando.

—¿Y usted quién es? —preguntó el detective tocándose el ojo recién perdido con las yemas de los dedos índices.

—El muerto —la voz salió carraspeando, como si su dueño sufriera un ataque de timidez.

—¿Guadalupe Bárcenas?

—Eso mero. Y ya me voy, nomás vine por curiosidad.

Héctor apuntó la pistola hacia donde creía haber escuchado la voz, pero no se atrevió a disparar. La puerta crujió como una retórica despedida.

Tenía hambre, no había comido desde la mañana del día anterior, cuando salió hacia la capital del estado para visitar al profesor Rivera en la cárcel. También tenía miedo de vestirse y salir a la calle a buscar qué comer. Tenía miedo de ponerse los zapatos al revés, de entregar el billete equivocado para pagar dos docenas de tacos de carnitas con guacamole. Se rio de sí mismo. Pero el miedo no se iba. La conciencia del miedo al ridículo no mataba el miedo. Se secó el sudor con la sábana y permaneció inmóvil rastreando los sonidos, los ruidos, los crujidos de la madera, las voces amortiguadas por los cristales de la ventana, la televisión encendida, el llanto de un recién nacido, las musicales resonancias de botellas rotas en la calle. Esperó. Trató de descifrar en aquel nuevo mundo de los sonidos alguno que le resultara amigo, que fuera portador de buenas nuevas. No existió tal.

Se descubrió entrando y saliendo del sueño, vagando por el cuarto, tropezando con sillas y botellas vacías, buscando la puerta del baño sin encontrarla, bebiendo agua del lavabo. Desesperado. Sin saber si afuera era noche o día. Sin saber si habían pasado diez horas o dos años. Sin saber si moqueaba en medio del llanto o tenía una hemorragia nasal. Enloquecido.

—Yo soy José Independiente Mondragón —dijo una voz que apareció tras el crujido de la puerta. Una voz juvenil.
—Pasa, mano.
—Soy alumno del profe Rivera. Tengo diez en historia y nueve en matemáticas.
Belascoarán suspiró. Habían llegado los refuerzos.
—Me dijo mi padrino que el profe Rivera me encargaba que le contara la historia del pueblo.
—Soy todo orejas, mano. Y si me compras dos Pepsicolas en la tiendita de la esquina, me las tomo mientras me cuentas.
—¿Está ciego? —preguntó el niño.
—Nomás un rato. Estoy ciego por simpatía, mano.

VI La historia del origen de San Andrés
(tal como se la contó un niño a un ciego temporal, y como la memoria de Belascoarán habría de recordarla más tarde)

José Mateo Bermúdez, natural de Olloniego, Asturias, uncido en unión libre con María Velasco, que ella no se sabía de dónde era; anarquistas del grupo de un señor que se decía griego de apellido Rodhakanati, y los tres socios de una organización de sabios que había nacido en París y tenía sucursal en México (como París-Londres) y que llamaban *La Social*. Un par de orates de bien, románticos de locos. Eso sí, muy enamorados. Por eso habían decidido juntarse antes o después de venir a México. Hasta se decía que bordaban la ropa juntos y hacían la comida, y que no había entre ellos labores de hombre y de mujer sino las mismas.

Allá por mil ocho setenta y dos, cuando los mentados y renombrados sucesos de Chalco, que el ejército juarista (debe haber sido por equivocación) incendió unas comunidades de utópicos, José salió fugado de la ciudad de México. Lo acusaban de haber envenenado a un francés dueño de unas fábricas de tintes por Tlalpan, dándole de cenar uvas con ácido prúsico del que usaba para las lanas, y él dijo, él, José Mateo: «Justa venganza, no asesinato, hay diferencia»; porque con los humores de ese ácido en las tinas de cocción, los vapores, se envenenaban las operararias que tenían que respirar aquellas chingaderas jornadas de dieciséis horas y sin ventilaciones ni descansos.

Ya debía vidas el asturiano ése, pero en España, o sea que no contaban. Había puesto bombas de dinamita, y las metía dentro de latas de leche para que no sólo mataran sino que hicieran mucho estruendo, en un teatro de Oviedo, para que volaran en mil pedazos los dueños de las fábricas que iban a la ópera. Pinche ópera, no le gustaba ni tantito.

O sea que por eso cruzó el océano Atlántico, para huir de los que lo buscaban por bombero.

Y luego para huir de los que lo buscaban por envenenador, se vino para el sur.

Dio algunas vueltas por Oaxaca y por Chiapas, y como no se hallaba, y además tenía a la mujer embarazada de ocho meses y estaba loco del calor y pedo del aguamiel y el mezcal crudo, pues dijo que él era José, José-José, san José; y ella, a la que montó en un burro, era la Virgen María y el niño que venía en camino, el mismísimo niño dios.

Lo dijo por las veredas y las montañas, y además aprendió el zapoteco y lo decía en castilla y en lengua, advirtiendo que no sólo venía huido de los de Sodoma y Gomorra, los franceses, los filisteos y los pinches patrones gachupines, sino que además el niño dios anunciaba el inicio del sueño de los hombres en las tierras y que las comunidades eran dueñas de la tierra y los filisteos, los macabeos, los gallegos, los arameos y los chupópteros de toda laya tenían de plazo el mes que le faltaba al escuincle para nacer para abandonar la sierra; luego todo era de todos y a rechingarse al que no le gustara.

San José tenía un lado mamón, porque prohibía el alcohol excepto para friegas reumáticas; pero luego luego, viendo el talante de los locales y cómo les pasaba un resto el rollo de atracar las haciendas, corrigió y prohibió darse friegas contra el reuma, que aquí es muy malo por la humedad, con sotol; pero sí tomar todo el que se quisiera sin empedarse, y decretó malo el pedo, pero bueno el chupe.

Era de huevos, san José, como en las películas; no sólo predicaba, tomaba el machete y arremetía el muy pinche salvaje. Así se hicieron los indios de aquí de esa forma de ser tan cabrona y tan respetuosa, te miran de lado y luego te sorrajan un putazo con una piedrota, y también se hicieron con las haciendas como en un año, toda la sierra chica.

Y así nació San Andrés, porque en esta vereda, entre cañadas y al pie del río Blanco, tenían el santuario el señor san José, la exvirgen María Velasco, que sabía cocinarse sus buenas fabadas asturianas, por eso aquí, de plato local, se hacen guisos de frijol blanco con chorizo y morcilla de arroz, y la niña dios. Ésa fue la desgracia, porque el niño dios fue niña dios y le pusieron Jesusa.

De ahí que no hayan tenido buen talismán a la hora de la verdad y en el 75, con Lerdo de Tejada, vino la punitiva y le cortó la cabeza. Luego la punitiva se fue a buscar a Pancho Villa, y no lo halló. Todo lo quemaron, todo lo espantaron. Ardió hasta la tierra debajo de las casas. Pero la comunidad ya había nacido. Se despobló y se pobló y se despobló y luego ya se repobló para siempre, que fueron los abuelos. La niña Jesusa se fue a vivir al DF en un hospicio y escribió los poemas que dicen que hizo Sor Juana Inés de la Cruz, pero los hizo ella. Aunque cuando se hizo famosa ya no regresó por aquí... Le traería malos recuerdos.

El profe Rivera así cuenta esta historia y así la cuento yo. No tan bien, él le pone más sabor a los detalles.

VII

El pasado y el presente están dentro de la investigación, pero es muy difícil contestar a la pregunta de qué cosas puede hacer un hombre en el futuro.

SHERLOCK HOLMES
(según Conan Doyle en *El sabueso de los Baskerville*)

Héctor contempló al adolescente flaco. Primero como una sombra borrosa, y más tarde perfilada. Tal como la vista se había ido, regresaba. El detective, asombrado por los milagros que le quitaban y le devolvían la visión, y en los que sin duda había influido la niña Jesusa, caminó desnudo hacia el espejo, haciendo caso omiso del adolescente que traía un plato humeante de huevos revueltos con frijoles. Se observó el rostro afilado por el insomnio, las huellas del pánico en los rasgos aguzados, el ojo muerto. Caminó hasta la bolsa de viaje que tenía tirada a un lado de la cama y se puso el parche de cuero sobre el ojo perdido años atrás. Luego contempló al adolescente.

Su narrador de historias no tendría más de trece años, flaco, casi desnutrido, y con una sonrisa pícara en los ojos.

—Ya nomás estoy tuerto... —dijo Héctor buscando una camisa limpia en medio del desmadre—. ¿Y ese nombre de José Independiente? Ayer no te lo pregunté porque andaba muy pendejo.

—Nací en la huelga del 76, amigo. Cuando se hizo la sección independiente y tumbaron a los charros.

Héctor volvió al espejo y contempló su ojo: lagañas, secreciones. Se lavó cuidadosamente. Veía bien. Muy bien, mejor que antes de haber quedado ciego. No. Mejor, no: igual; pero con más alegría de ver. Contempló el cuarto en sombras, movió una cortina sucia para que la luz inundara la habitación y pasó la mirada por las maderas sin pulir, la silla, el espejo lacerado del baño.

—¿Y ahora que no estoy ciego de todas maneras me vas a ayudar?

—¿Me va a dar pistola?

—No.

—Ni modo.

—Guadalupe Bárcenas, el que dicen que está muerto, sigue en el pueblo —afirmó el detective.

—Seguirá —dijo José Independiente Mondragón, ojeando las novelas que Héctor traía en su bolsa de viaje.

—¿Tú lo has visto? Yo sólo lo he oído.

El niño levantó la vista de los libros y pareció interesarse por primera vez. Miró al detective fijamente.

—Vino aquí, me dijo algo, cualquier cosa. Yo no podía verlo.

—¿Era ronco?

—Sí —dijo Héctor mientras buscaba una cuchilla de afeitar. Luego recordó su promesa de dejarse crecer la barba y miró en el espejo las huellas de los cuatro últimos días: una barba harapienta, con brillos rojizos y alguna cana.

—Hay un baile, toca la Sonora Santa Fe, en la carretera. A mí no me dejan entrar, porque soy chico, cuando tenga dieciséis ya puedo. Pero el Bárcenas era bien bailarín.

—¿Cuándo era bien bailarín? ¿Antes? ¿Antes de estar muerto?

—Pues eso dice él, que antes de estar muerto era bien bailarín.

Héctor rebuscó entre los libros sin hallarla, para luego reconstruir en su memoria y al fin localizar la foto en el bolsillo de su chamarra, llena de briznas sueltas de tabaco. Un bigotudo y sonriente Guadalupe Bárcenas lo contempló desde el mostrador de una cantina, con esa amabilidad que los hijos de la chingada suelen tener en las fotos avejentadas.

Ni le gustó la música tropical, ni Bárcenas bailaba en su nuevo estado de difunto rondador. Además, se aburrió de ser el centro de las miradas que oscilaban entre la simpatía, la desconfianza y la vil curiosidad. Paseó hasta el río a la espera de que alguien se le acercara para decirle que Bárcenas estaba enterrado debajo de una higuera, que se había ido a Puebla a un concurso de travestis, o que dormía en la misma pensión que él a tan sólo dos puertas de distancia. Ni siquiera eso sucedió. Los bailarines y los borrachos hicieron caso omiso del detective. En cambio la brisa fresca del río pareció acabar de despejar sus dudas respecto a la recuperación del ojo bueno. Paseó hacia un puente de piedra, iluminado por una farola de hierro pintada de negro. Se acodó en el muro a fumar, escuchando el rumor del agua y de las ranas. Esto era lo que le faltaba a la ciudad de México. Ninguna ciudad seria, importante, podría prescindir de un mar, un gran lago, un río con nombre exótico. La ciudad de México era hija de unas lagunas rellenadas con muertos y templos aztecas y rerrellenadas con turbios negocios urbanos y cascotes de cerros desmoronados. Un río así. Un tímido río aunque fuera, que cruzara por mitad la Roma Sur, se ensanchara en la Colonia del Valle y luego variara cruzando islotes hacia la colonia Doctores para salir hacia Izazaga y perderse en los bosques de postes de luz de la Aragón.

Encendió un segundo cigarrillo.

—Bárcenas acaba de llegar al baile, nomás usted salió, profe —dijo la voz de José Independiente Mondragón desde las sombras—. Viene en un carro negro, con dos judiciales de la policía del estado. Vienen pedos, ándese con cuidado.

Héctor sonrió hacia las sombras y llevó su mano derecha a la sien en un remedo de saludo militar.

Caminó hacia el ruido del baile canturreando fragmentos de «Ay, mamá, yo no sé lo que tiene el negro...».

Desde la puerta del salón, Héctor se detuvo para contemplar al difunto que bailaba un danzón con una gorda vestida de rojo. La mano derecha de Guadalupe Bárcenas le sostenía las nalgas a la mujer para impedir que se le cayeran. Parecía divertirse. Estaba algo diferente de la fotografía, pero los pelos rizados, la nariz... Héctor avanzó directamente hacia él, abriendo un hueco entre los demás bailarines. ¿Cómo se inicia una conversación con un tipo así mientras trescientas personas te miran? No tenía muchas referencias. Películas de Gary Cooper, frases de Clint Eastwood o novelas de John D. MacDonald. Podía apelar a la otra cultura, la de las películas de Pedro Infante y Luis Aguilar. Con el rabillo del ojo sano detectó a los dos judiciales de los que le había advertido José Independiente. Uno bigotón, el otro a su lado, impreciso. Caminó en arco para no darles la espalda.

—Mire nomás, uno buscándolo y usted agarrándole las nalgas a la señora, que seguro ni ha de ser su esposa, señor Bárcenas —dijo Héctor Belascoarán sin llegarle, según su muy particular comparación, ni a los talones a Pedro Infante.

—La señora es puta y usted estaba ciego —contestó Bárcenas por decir algo, girando la vista del detective hacia otro extremo de la sala: una mesa chaparra al pie de la tarima donde estaba la orquesta. Tenía más aliados. Algunas figuras comenzaron a confluir sobre el centro de la pista. Héctor retrocedió dos pasos.

—Bueno, aquí nomás, saludando. Ya veo que goza de buena salud.

—Cuando me quiera, me tiene en mi casa —dijo Bárcenas sonriendo y moviendo el bigote, mientras reanudaba el baile interrumpido marcando el paso con un tremendo caderazo.

VIII

*La muerte es una enfermedad incurable con la que
los hombres nacen; los alcanza tarde o temprano;
un asesino casi nunca mata, tan sólo se anticipa.*
Fredric Brown

*Tu propia vida puede interponerse
en el camino.*
Erik Neutsch

Dentro de poco amanecería, pensó Héctor Belascoarán Shayne, detective en vigilia, ante la casa de Bárcenas. Estaba tratando de encender el cigarrillo a pesar del viento que le lanzaba la lluvia encima. Cubría con la mano izquierda la llama del encendedor y bajaba la cabeza para que los goterones que le caían sobre la nuca no se deslizaran hacia el cigarrillo. Era el tercer intento, de espaldas a la calle oscura y zarandeada por la lluvia tropical. Las luces de un automóvil lo iluminaron y se quedaron allí. Héctor levantó la vista. El cigarrillo se llenó de agua, pero no importaba demasiado, el coche no se había movido. Ni avanzaba ni se retiraba. Era un Ford Falcon del 75, negro, situado como a unos veinticinco metros del detective, ominoso, insistente, con las luces largas encendidas, alumbrándolo. Se llevó la mano a la cintura buscando el revólver. Estaba allí, donde siempre. Quitó el seguro con el índice de la mano derecha. Luego, con un cigarrillo empapado entre los labios, del que las briznas de tabaco iban deshilachándose, esperó.

A su espalda otro par de faros se encendieron. Eran los de un Volks-wagen, también negro. Pensó en la muerte.

Hacía un par de años había pensado tanto en la muerte que casi se había quedado dominado por su presencia y también por el aburrimiento que la reiteración le causaba. Era una idea familiar, el mejor antídoto contra el cansancio. Si pensaba en la muerte con tranquilidad pero con intensidad, si le crujían los nudillos al pensar en la muerte, los dos coches se irían. No confió en la hipótesis y miró la hilera de timbres que estaban en el portal donde se había detenido a encender el tabaco. Extendió la mano izquierda, con la palma abierta y los tocó todos al mismo tiempo. Fue la señal para que el Ford Falcon se acercara deslizándose en medio de la lluvia como un tanque bailarín e ingrávido.

Héctor sacó la pistola y disparó casi sin apuntar; uno de los faros del Ford se apagó con un resoplido. Suerte de tuerto. Salió corriendo hacia el Volkswagen blandiendo la .45 y gritando, el coche frenó coleando y fue a dar suavemente contra un poste de luz; Héctor pasó corriendo a su lado sin detenerse ni a mirar, sin querer mirar. Sonaron dos disparos más en la noche, pero él se perdía en las sombras. Corriendo, jadeando, fue a dar de nuevo hacia el río, tropezó con un arbusto y se dejó caer al lado de una pila de ladrillos llenándose la mano de fango. Dejó la pistola a un lado para limpiarse el lodo del brazo. Cuando levantó la vista para buscar huellas de los dos automóviles, se encontró la boca de una escopeta de dos cañones apuntándole a los ojos.

Una linterna lo deslumbró; tras ella, surgió una mano que le quitó la pistola que había dejado caer al suelo.

—Ya te chingaste —dijo una voz. Otros hombres se acercaban entre los árboles.

—Mátalo ya, Melesio, no te enrolles —dijo una voz aguda, oculta tras la linterna.

El que había recogido la pistola la arrojó hacia el río.

—Desnúdate —dijo el hombre que lo había encañonado, una sombra tan solo.

Héctor obedeció. Se quitó la gabardina. Una mano estirada se la pidió. Luego los pantalones y la camisa. Se quitó los zapatos empujándose un pie con el otro. Se sintió ridículo cuando se quedó sólo con los calcetines y se los quitó, arrojándolos a lo lejos; sintió la humedad entrarle por los huesos de los pies.

—Tírate al suelo.

Sólo uno de los hombres hablaba. Los otros dos se dejaban mojar por la lluvia y las órdenes, fantasmales y silenciosos.

—Órale güero, hazte cargo —dijo el hablador.

Héctor sintió el cañón de una automática apoyándose en su sien, el agua sucia se le metía en la boca aplastada contra el suelo. Ya había muerto así una vez antes, con el rostro hundido en un charco de agua sucia. Vio las botas del hablantín. Se las llevaba de recuerdo al fin del mundo, a la nada: unas botas vaqueras con punteras de metal plateado.

—¿Le sacaste la lana de la bolsa de los pantalones? —preguntó la voz aguda, a lo que respondió un gruñido afirmativo.

—Te vamos a matar, mano —dijo la voz de mando.

—Ya dispara y déjate de historias —dijo una segunda voz.

—Te vas a morir, güey —respondió un eco.

—Por andar buscando a un pinche muerto —dijo la voz de mando. Los otros le rieron la broma—. Por menos que eso matamos aquí, pendejo. Por mucho menos. Te vamos a chingar por menos, nomás porque no nos pasa ni tantito cómo ves chueco.

Nuevas risas. Héctor trató de romper la cortina de luz que le impedía verlos moviendo el rostro a un lado, haciéndose pantalla con una mano. La luz lo siguió, perforando el cerebro.

—Corta cartucho, güero.

A la orden siguió el acto, luego el disparo que sonó vacío. No se lo esperaba, de manera que el efecto se perdió en la lluvia. La presión de la pistola se perdió en la sien, se acuclilló.

—Tienes que correr, pendejo. A lo mejor si corres mucho no te atinamos. Nomás voy a disparar un tiro y si le corres a lo mejor chance y no le atino.

Héctor, poniéndose de pie, les dio la espalda. Durante unos segundos no sucedió nada y él pensó que quería fumar un cigarrillo.

—A la de tres. Ustedes tírenle también, pero nomás un tiro cada uno.

Sin la luz en el ojo sano, Belascoarán descansó. Era a otro al que le estaba pasando esto. Uno no podía morir así más de una vez en una vida y él ya había muerto.

—Una, dos... ¡Corre, baboso!

El disparo sonó seco levantando agua de un charco al lado de sus pies. Luego vino la voz.

—Siempre no, esta vez, siempre no. Pero yo que usted mejor me iba de aquí y regresaba al DF.

Luego se hizo el silencio. Pasados unos segundos Héctor se dio la vuelta y los vio alejarse. Sombras en la lluvia a la luz de una luna tímida. Iban riéndose, bromeando.

Tenía frío, temblaba. Más y más hasta que el temblor lo sacudió como a un perro empapado. Ya no sólo era el frío, era el miedo que se había apropiado de él saltando por los músculos.

Pensó en que sí, que esta vez no, que no había sido. Pero que si ahora no, la siguiente sí, y ya nunca podría escaparse de esta nueva sensación. Estaba preso de una idea, encarcelado en el pánico que siempre había estado ahí pero que le habían mostrado: vivía de prestado, tiempo alquilado con límites imprecisos. Estaba muerto y un día alguien lo descubriría o simplemente actuaría en consecuencia, apretaría el gatillo, le clavaría el puñal, le daría un refresco envenenado, le contagiaría sin querer una neumonía…

Quería controlarse, pero seguía temblando. Le dieron ganas de gritar.

¿Existe este país en el que te estás moviendo, Héctor Belascoarán, o es una broma más? Unas vacaciones de los sentidos, que prolongan las que has estado viviendo en estos últimos quince años. Quizá el otro era de mentira, pero existía, vaya si existía, daba sentido a las cosas, tenías un lugar en él... ¿Y ahora? ¿Hay un país real que a veces tiene palmeras con cocos verdes y en otras tan sólo ciudades con enormes nubes negras que arrasan los cielos y rompen el récord del ozono? ¿Hay otros mexicanos que viven tu delirio, o has estado encerrado en sueño ajeno? Te acuerdas bien de la sorpresa que te produjo una frase escuchada en el concierto rockero en la Alameda, cuando uno de aquellos jóvenes peludos dijo hablándote a ti, no a los demás, que aullaban al ritmo: «Vas a despertar dentro de mis sueños», y te diste cuenta de que eso era posible, despertar en sueños ajenos y, si la suerte no te acompañaba, en pesadillas. Pero también te diste cuenta de que no importaba, siempre y cuando esos sueños fueran compartidos. Trataste de hablar con él después del concierto pero no pudiste superar la marea de jóvenes que te intuían como extranjero sospechoso, y te quedaste para siempre con la duda de si sabría algo que tú no sabías; de si aquellos jóvenes rockeros estaban atrapados en el mismo sueño que tú, en la misma ciudad-pesadilla de veinte millones de habitantes sonámbulos. Sólo queda entonces el territorio de la locura. Pero no hay locura sin ética, así como no hay locura sin sentido del humor, y puedes ser loco malo o loco bueno e incluso loco hijo-de-la-chingada, así como puedes ser loco ceñudo o loco sonriente. Loco autocomplaciente o loco castigado por la responsabilidad solidaria. Hasta ahí todo iba bien, ése no era el problema, sino el nuevo vacío, la sensación de que la pesadilla compartida a ti se te escapaba; designios misteriosos te dejaban fuera de ella. Comenzabas a moverte en el vacío. El país se te escapaba y se te escapa. Hubo unas elecciones fraudulentas, una crisis económica, una racha de enfermedades pulmonares, un aumento de los videoclubes, una revaloración de la música romántica, un montón de miedos nocturnos. De eso estabas consciente, pero en cierta manera sólo eran noticias, percepciones, historias de otros que no calaban en las emociones propias. ¿Qué te ocurría? ¿Acaso querías compartir el país de otros y lo ibas perdiendo? ¿De qué país hablabas? Del país ciudad, el México DF que lo totalizaba todo, la ciudad mutante, la zona de saqueo de los osos hormigueros. Ese país melaza que integra los corridos de Cuco Sánchez, los chistes de Pepito, las lánguidas tardes de lluvia sin arcoíris, los discursos de la modernidad priista que ocultan los puñales de obsidiana del eterno poder, los cineclubes con películas francesas de la nueva ola que ya dejó de serlo excepto para los ocho nostálgicos que las consumen, los supermercados abarrotados de chocolates gringos y hornos de microondas japoneses, la mirada de los muertos, la fija y maldita mirada de los muertos, que te reclaman que los estés dejando solos, que los contemples tú, superviviente. ¿Existe ese territorio de todos y de nadie? Existía... Lo recuerdas, estaba ahí, era familiar. Lo descubriste hace quince años y te quedaste en él. Y ahora, algo te está sacando, arrancando de ese país real, para arrojarte hacia otra cosa, para mandarte a la gran nada. Para rechingarte para siempre.

Por eso estás náufrago de miedos, no sólo no tienes el territorio habitual debajo de los pies, has perdido la identidad, te has quedado sin alma. Lo que te pasa ahora es la prolongación normal de esos otros desasosiegos, te van a matar porque te puedes morir; te van a matar porque la muerte es posible para un tipo que perdió el alma. Van a sacar filo a tus huesos porque el país-ciudad se te escapa, porque dejas de entenderlo, porque la realidad ya no te acompaña en su locura, porque las reglas ocultas se te van de las manos, porque ya no hay amores malditos, porque se te debilitan las pasiones.

Héctor Belascoarán Shayne, detective independiente, se tomó el cuerpo con las manos y se estrechó en un autoabrazo solitario, en la oscuridad lunar y la lluvia. «No contaban con mi astucia», se dijo, citando al Chapulín Colorado. Su reserva de frases absurdas era enorme. Ante la locura, la contralocura. Luego gritó un poco, para dar oxígeno a su cabeza, para agenciarse la vitalidad que necesitaba con el destino de lanzarse a la única realidad real, la única realidad de las realidades, la realidad inmediata y así dejar de temblar. Buscó sus pantalones vaqueros llenos de barro y los encontró detrás de unos arbustos. La chamarra estaba por ahí, a unos cuantos metros. En uno de los bolsillos tenía los cigarrillos. Encendió uno cubriéndolo cuidadosamente de la lluvia.

Fue a buscar la pistola que habían arrojado. Creía recordar que estaba cerca del río. La muerte era... Trató de encontrar la palabra. *Insolente*. La muerte era una pinche insolencia. Un descaro. Él era simplemente terco. Palabras sueltas. Ideas sencillas.

IX

> *No hay nada en que sea tan indispensable
> la lógica como en la religión. El buen razonador
> puede construirla como una ciencia exacta.
> A mí me parece que nuestra certidumbre suprema
> de la bondad de la Providencia está en las flores.*
>
> SHERLOCK HOLMES
> (según Conan Doyle en *El tratado naval*)

—Ya lo encontré.

—¿Y qué pasó? —contestó el profesor Rivera quitándose el sudor provocado por el juego de frontón con una camiseta sucia que traía enrollada alrededor de la cintura.

—Que luego me encontraron a mí.

—¿Federales, judiciales del estado o los del pueblo?

—Alguien me dijo que federales, a mí me parecieron judiciales del estado.

—Pues estás vivo de puro pinche milagro.

Héctor no contestó. Había ido a la cárcel para pasar el rato, para saber otra vez por qué tenía que encontrar al muerto, por qué había que sacar al profesor Medardo Rivera del bote.

El patio estaba animado, no sólo con los eternos jugadores de frontón, sino también con una cascarita futbolera y un maestro acuclillado enseñando a leer a otros dos presos pelones.

—Ése que está jugando frontón con dificultades... —dijo Rivera señalando a un jugador manco que saltaba en el aire en ese momento para alcanzar la bola—, ése es el maestro Odilón, del pueblo del Veladero. Llevaba en un *jeep* a tres campesinos, venían pa'cá, a un trámite de despojo del bosque por las compañías madereras. Los judiciales los estaban esperando en una curva. A dos los mataron, a él y al otro los dejaron tirados sangrando. Odilón perdió el brazo. Luego lo detuvieron y lo acusaron de manejar en estado de ebriedad y de accidente por imprudencia. Aquí lleva dos años. Matías, el que está enseñando a leer, asesoraba a una comunidad zapoteca y lo tienen aquí acusado de haber envenenado los pozos de los ganaderos; a su hermana, que era también maestra, la mataron esos cuates torturándola. Ganó las últimas elecciones y ahora es presidente municipal y preso.

Levantó la mano y llamó a uno de los jugadores de fut:
—¡Profe Alatriste!

Un maestro barbudo y con lentes de miope que chorreaba sudor se acercó renqueando.

—Alatriste, presente, en la lucha independiente —dijo coreando y luego sonriendo su propia broma. Una sonrisa triste.

—Aquí el detective quiere invitarle un trago, profe.

—Se lo agradezco, pero soy abstemio —dijo el profesor sonriendo.

—¿Le podrías decir al detective qué cargos tienes?

—Fabricar licor ilegalmente. El día que me llegaron a detener, ahí mismo traían las botellas de mezcal que me acusaban de fabricar, se las habían levantado de una piquera en el pueblo de al lado, ya ni las bajaron del camión, ¿pa' qué? En mi casa no encontraron ni una botella de cerveza vacía.

El profe se retiró, mantenía la sonrisa.

—Estás vivo de churro, aquí es la pura pinche barbarie.

—Bueno, pues ya lo encontré —dijo Héctor.

—¿Y ahora qué vas a hacer? —contestó Rivera robándole un cigarrillo.

—Se lo voy a llevar a tu abogada.

Rivera sonrió.

—¿Leíste un cuento de Sherlock que se llama «El misterio del bosque de piedra»?

Héctor negó y se sentó en el suelo.

—Todos le dicen a Holmes que el enigma es perfecto, que la solución es imposible... Llega una viuda que quiere lavar el honor del pinche marido, que ajusticiaron por andar ahorcando niñas en un bosque cerca de su pinche rancho, un bosque lleno de puras pinches piedras. Ella sabe que el asesino es otro pendejo médico loco que acaba de volver de Arabia y que vive en un puto castillo que le heredó un mayate amigo de él. Pero el médico loco estaba esa noche durmiendo con hipnóticos opiáceos, no cafiaspirinas ni mejoralitos, somníferos de a deveras, de novela, que le daba su sirviente, y además en un cuarto cerrado por fuera, porque le pidió al mayordomo que lo encerrara, y además en un piso cinco, y sin árboles para descolgarse, y además con el mayordomo haciendo guardia por si tenía gachas pesadillas, y el bosque de piedra estaba como a seis kilómetros de cerro pelón, y además estaban los campesinos por ahí de cacería con perros que andaban detrás de un lobo...

—¿Y entonces? —preguntó el detective.

—Pues el problema era: ¿cómo le hizo el médico loco para cepillarse a la adolescente? Pa' mí que lo que pasaba es que el destripaquinceañeras era el mayordomo, y que el médico loco era la pura cobertura del degenerado ese que se merecía ser presidente municipal priista, pero Conan Doyle insiste en echarle la culpa al otro pendejo, por terquedad. Lo que es esto de las manías intergremiales.

—¿Y luego?

—No, nada, que la solución es imposible. La de Sherlock Holmes es una mamada que el Conan Doyle se saca del pinche bolsillo con tal de fumigarse al doctor —concluyó Medardo Rivera.

—¿Y entonces? —preguntó Héctor esperando la moraleja.

—No, nada. Ahí cada cual que saque sus conclusiones. La mía es que no le confío ni tantito al racionalismo —dijo el profesor Rivera, encarcelado por haber asesinado a un muerto que estaba vivo.

X

> *Como regla, cuanto más absurda parezca una cosa, lo menos misteriosa prueba ser al final.*
>
> Sherlock Holmes
> (según Conan Doyle en *La liga de los pelirrojos*)

Héctor recogió algunos billetes que su hermano le había enviado en un giro y se los metió en el bolsillo al descuido. La oficina de telégrafos estaba en una plaza llena de enormes laureles cubiertos de grajos y gorriones. Los pájaros producían una contenida algarabía, ajena a la soledad de la placita. El detective se quedó un rato dándole vueltas al parque. Se tomó una nieve de guanábana.

Horas después contó los billetes sentado en la cama del cuarto que alquilaba en la pensión de San Andrés. Por la ventana veía nuevos laureles: frondosos, susurrando con la brisa.

Tenía que elegir entre el día o la noche. Tenía que elegir entre la planificación o la sorpresa. Tenía que optar entre el plan y el absurdo. Pero ésas eran elecciones secundarias, posteriores a la decisión inicial, ya tomada mirando los árboles y tratando de descubrir a los pájaros ocultos entre las ramas y que sólo expresaban su presencia por las huellas de cagadas a la mitad de la banqueta, enfrente de la pensión. Bárcenas era suyo. Ni siquiera se iba a estar escondiendo. ¿Escondiendo de qué? ¿De un detective tuerto que había sido desnudado, humillado, puesto al borde de la muerte en la orilla del río?

Tenía que elegir entre el portón y las azoteas. Escoger la noche. Tenía que ir de frente o de lado. Pero ésos eran los cómos. O sea, las partes fáciles de una historia. Ya sabía, estaba seguro. Y sabía también que lo haría solo. Sin ayuda. Sin apelar a los posibles aliados que el pueblo sin duda había mantenido ocultos pero que deberían de estar por ahí, esperando la petición de auxilio, la convocatoria.

Sabiendo todo eso, Héctor Belascoarán Shayne, secuestrador en potencia de un difunto, se fue a dormir a media tarde, y así, sin quererlo, eligió la noche como territorio de sus posibles futuras hazañas. La siesta no pasó de modorra y cabeceos: voces de mujeres, aleteos de pájaros cerca de la ventana, unos niños jugando al futbol, insistían en meterse en su sueño y no dejarlo fraguarse del todo. El calor fue humedeciendo el cuerpo, haciendo pegajosas las sábanas, arrugando la almohada.

Estaban tan seguros que ni siquiera le habían colocado a un municipal enfrente de la pensión, pensó Héctor saliendo a la noche y encendiendo un Delicado con filtro que paladeó gozosamente. Las calles del pueblo estaban solitarias. Se desvió por veredas y le ladraron los perros. Fue a dar a la cañada. Se recostó en un pino viejo y contempló la parte trasera de la casa de Bárcenas.

Fumó un segundo cigarrillo sin miedo a que la débil lumbre lo delatara. Del caserón, mezclados con voces chillonas, salían canciones de José José, baladas de Juan Gabriel, viejos boleros engoladamente cantados por Carlos Lico. Bárcenas y su viuda estaban de fiesta. Fiesta ruidosa, a lo mejor más para él y para el pueblo que para los festejantes. Quizá sólo Bárcenas y la viuda se contemplaban en medio de la música, la una queriéndose viuda de verdad, el otro ansioso de poder escapar de su propia fiesta para irse de putas.

Un viejo Ford negro dio vuelta a la casa, las luces se elevaron en una lomita iluminando la fronda de los árboles. Después de todo no se habían ido, era un coche que estaba tuerto de las luces largas, como él. Un coche reconocido porque Héctor le había disparado la noche anterior.

Dos en un coche alrededor de la casa. ¿Cuántos dentro? Por las voces que había oído cuando intentaron matarlo, podían ser por lo menos otros dos. Fumó un segundo cigarrillo y luego regresó a la pensión. Todavía no estaba listo. Por el camino, gozando de la brisa nocturna, analizó la situación. No podrían tener a Bárcenas permanentemente custodiado. Tampoco podían tenerlo muy visible. Obviamente el siguiente paso era sacarlo del pueblo, llevarlo hacia otra parte, desaparecerlo temporalmente. Volver a la normalidad donde lo normal-normal sería que el muerto estuviera muerto y Medardo Rivera encarcelado. O sea que el primer paso era quitar presión al asunto, quitar de enfrente al detective del DF que andaba por ahí mirando: dejarlos sentir que la calma dominaba el ambiente de nuevo. Que Wyatt Earp había abandonado Dodge City. Desaparecerse. Cerca, no demasiado lejos.

Antes de maldormirse ojeó la libreta de direcciones que había armado en el DF horas antes de meterse en esta historia.

—Los antropólogos son los nuevos brujos de las comunidades —le dijo su amigo Luis Hernández echándose el escaso pelo hacia atrás—. Además, son los que se saben los chismes, todos los pinches chismes.

Estaban tomando el sol y fumando. El sol picajoso, que raspaba la piel, sentados sobre un tronco, en las afueras de Guillermo Prieto, Chiapas, una nueva comunidad cafetalera a un par de horas de San Andrés.

—Viajamos en combis destartaladas por los caminos y oímos historias, ponemos cara de gringo pendejo y escuchamos historias. Antes no las contábamos, sino que las escondíamos en cuadernitos, para hacer la tesis de doctorado... Ahora que ya a nadie le interesa hacer un doctorado, las contamos de pueblo en pueblo. Somos los buhoneros de la neoinformación.

Héctor asintió y le ofreció un nuevo cigarrillo al Hernández, que negó con un gesto y sacó del morral una cerveza fría. ¿Cómo le hacía para tenerlas frías? ¿Traía un refri portátil en la mochilita? Belascoarán había acudido allí porque no sabía en dónde meterse y no quería alejarse demasiado de San Andrés. Había hecho una salida escénica precisa del pueblo maldito, a mitad de la mañana, empacando en su camioneta rentada sus libros y su bolsa de mano, cargando gasolina en las afueras del pueblo, casi diciendo *adiós* a gritos cuando la calle se volvía carretera.

—Bárcenas es parte de la red electoral de estos güeyes. También es el dueño de las borracheras. ¿No es simbólico? —se rio su amigo—. No hay una relación única. El cacicazgo es una estructura polivalente: económica, política, pedera, policiaca...

El antropólogo Hernández botó la corcholata de su cerveza con una navaja suiza y esperó la pregunta.

—¿En qué otras cosas anda Bárcenas? ¿Por qué lo cuidan los judiciales del estado? ¿De dónde saca su amistad con el jefe de los judas?

—En lo que caiga, es una relación polivalente. ¿No te dije? Estás a la sombra del Estado, que es el partido, que es la ley, que es el cacicazgo, que es el poder. Vendes cerveza para la fiesta del presidente municipal y se la facturas al Pronasol como llaves de perico; vendes llaves de perico al Conalep pero las llaves nunca llegan aunque te firmaron de recibido, y se convierten como por magia en cervezas gratis. Como verás hay todo un arte de convertir chelas en llaves Stilson. Traficas chamaquitas indígenas de quince años para prostíbulos de Veracruz o te dedicas a comprar camionetas robadas en Oaxaca y pasarlas para Guatemala, para que algún militar allá les ponga placas nuevas. ¿Qué importa? Eres ahijado del diputado federal y compadre del comisario ejidal. No hay ley, no hay fronteras, no hay oficio. El poder es un oficio.

Héctor se rascó la frente, el sol le estaba dejando una raya en la frontera con la gorra de beisbolista que había sacado de su bolsa de viaje. Era como la línea de sombra que se producía en la frente del personaje que usaba salacot en las historias de Holmes-Medardo Rivera.

—¿Y luego? —preguntó.

No era un problema de moral pública, un curso de rectificación que al final arroja la conclusión de que uno sigue en el lado correcto. Él, lo que necesitaba era una fisura en la red que protegía a Bárcenas, un agujerito.

—Se ve que no le sirve para nada lo que le estoy contando. Vámonos a comer, y mientras nos echamos unos tacos de cecina, le cuento a qué cantinas de qué pueblos va Bárcenas seguido, porque les surte cantidades importantes de cerveza y algo de mariguana. ¿Eso le gusta más?

Héctor asintió. Comenzaba a tenerle más respeto a la antropología.

Héctor entró en el baño de caballeros de la cantina La Quemosa en el pueblo de Trinidad de Juárez y esperó. Nunca había meado tanto en los últimos años. Se distrajo leyendo los recados obscenos en la pared. No había nada original, nada nuevo. En ese pueblo la gente repetía las invitaciones a irse a la chingada que estaban de moda en el pueblo de al lado.

Belascoarán salió del baño y pidió en la barra una Pepsi con limón. El cantinero lo miró indignado, cliente pinche que no tomaba ron en las cubas libres. Héctor ya ni le hizo caso. A fuerza de repetir los gustos había perdido el pequeño resabio de pudor que le quedaba de andar de abstemio en una cantina. Llevaba once días a la espera de Bárcenas, y empezaba a estar totalmente convencido de que los tips del antropólogo no servían para un carajo. Ni siquiera habían sido días útiles. No había gozado los ambientes, no se había dejado colgar de las barras oyendo la música en las rocolas y paladeando los sabores de ser mexicano huevón y los sinsabores de los que se emborrachaban a morir a su lado.

No se había involucrado en ninguna bronca, no había sido confesor, ni se había confesado en medio de lágrimas y tequila. La obsesiva espera lo había vuelto un mueble con antenas. Belascoarán no estaba contento consigo mismo. Y así no estaba, ni dejaba de estarlo, cuando Bárcenas cruzó la puerta y a él apenas le dio tiempo de meterse en el baño del que acababa de salir. Mientras controlaba los latidos del corazón trató de reconstruir la fugaz imagen de la entrada del exdifunto chaparro. Por más que trataba no podía captar si había visto a alguien más con él en la puerta de la cantina. ¿Salir de una buena vez o esperar? ¿Y si Bárcenas estaba acompañado? ¿Y si no meaba?

Bárcenas mismo lo sacó de la duda, con el pito en la mano y sonriendo, gozando la futura meada. Héctor le devolvió la sonrisa y la de Bárcenas se cortó como leche agria.

Trató de correr hacia la puerta, pero Héctor le dio una patada en la espinilla. Cojeando y protegiéndose las partes nobles, Bárcenas se fue sobre un lavabo. Héctor sacó la .45 y cortó cartucho.

—¿Vienes solo? Mejor me lo dices, mano, porque si salimos juntos, yo con ésta en la mano, y tienes unos cuates armados allí afuera, se va a armar una pinche balacera de aquellas y contigo en medio.

—Nomás viene uno, un amigo.

—¿Y anda calzado?

Bárcenas asintió cerrándose la bragueta.

Héctor le señaló con la pistola la ventana del baño, una pequeña grieta con los vidrios rotos arriba del lavabo.

—No vamos a caber —dijo Bárcenas.

—Pero vamos a tratar, para que no se diga.

—Éste es el difunto —afirmó Belascoarán Shayne, detective triunfante, a una somnolienta Marisela Calderón, abogada en camiseta, que se frotaba los ojos sosteniendo la puerta del cuarto 307 del Hotel Galaxy en la capital del estado. Cuando ella logró fijar la mirada, Héctor se hizo a un lado para permitir que el reaparecido Guadalupe Bárcenas se mostrara. El tipo estaba fumando un cigarrillo en la puerta del elevador, con la cadena de bicicleta y el candado anclando su mano derecha a la izquierda del detective.

El detective bostezaba. Marisela se hizo a un lado para permitirle entrar en el cuarto.

—¿Es éste el señor Bárcenas? —preguntó tratando de espantar el sueño y taparse un poco más.

—Bárcenas, para servirla —comentó muy propio el encadenado distribuidor de cervezas exdifunto.

Héctor avanzó, tropezando con una mochila que estaba en el suelo hasta llegar al baño. Ante el espejo, contempló un rostro dominado por la palidez y las ojeras. Abrió la llave y se echó agua en la cara.

—Cierre la puerta, licenciada, no se le vaya a escapar el muerto, que me costó trabajo traerlo hasta aquí —dijo regresando del baño.

Marisela observó atentamente al tipo. Le dio una vuelta midiéndolo. Luego sentenció:

—Éste no es Bárcenas.

Héctor la contempló, tratando de descubrir la broma.

—¿Cómo lo sabes?

Bárcenas, el que ahora no era Bárcenas, sonreía.

—Porque lo conozco. Éste es Ramón Bárcenas, el

hermano, el que llevaba la acusación de la muerte de Guadalupe Bárcenas contra Medardo. Lo vi en el juicio un montón de veces. Se parece a las fotos del otro, pero el otro hermano debe ser más chaparro.

—Y más viejo, señorita, dos años más viejo, y monta a caballo de la chingada, el muy pendejo, y le faltan muelas que yo tengo completas —dijo el Bárcenas que nunca había estado difunto.

—Mierda —dijo Héctor.

—¿Qué se siente andar secuestrando a un cristiano? —le preguntó Bárcenas a Belascoarán, y luego abandonó el pasillo, entró en el cuarto y se dejó caer en la cama.

—De la chingada —respondió Héctor secándose el rostro con la manga de la camisa—. De la vil chingada... ¿Y usted por qué me amenazó en el baile?

—Porque se me dio la gana. ¿Para qué andaba persiguiendo a mi hermano?, ya ni difunto lo dejan estar.

—¿Y dónde está el otro, el Bárcenas de a deveras?

—Ese güey se murió, en un accidente. Por andar pedo, se estrelló en la carretera... No, deje ver, lo mató un profesor de primaria alborotador, que se llama Medardo algo. Medardo la dona...

Bárcenas comenzó a reírse a carcajadas.

—Lo engañaron, detective —dijo Marisela.

Héctor miró a Bárcenas, que seguía riéndose y le sonrió. Tenía su humor la cosa.

XI

> *En realidad los elefantes no tienen la importancia que nosotros les dimos antes.*
>
> Renato Leduc

Ramón Bárcenas y Héctor Belascoarán Shayne se bajaron del camión en San Andrés provocando algunas miradas de reojo. Luego, muy ceremoniosos, se despidieron con un gesto.

—Más suerte pa' la próxima, amigo —dijo ceremoniosamente Bárcenas II—. Que conste que no lo voy a denunciar por el pinche secuestro que me hizo. Ahí que muera. Hasta fue divertido...

Héctor se fue caminando. Rutas conocidas ya: la iglesia, la plaza del ayuntamiento, el laurel mocho con el tronco caído, las cantinas paralelas que se llamaban mutuamente La Hermana y La Hermana de Enfrente, la primaria federal Hermanos Galeana, la casa de Bárcenas. Al llegar ante ella, se detuvo y tocó la puerta. Una niña indígena descalza le abrió la puerta, lo miró atentamente y se asustó.

—Quiero hablar con la viuda.

La niña se retiró azorada. Héctor encendió un cigarrillo y contempló la calle desierta. Un carraspeo a sus espaldas lo devolvió al corazón de la historia. La mujer vestía rigurosamente de negro y estaba envarada, la mirada huidiza, mezquina.

—Dígale a su marido que lo voy a esperar aquí afuera. El tiempo que haga falta —dijo Héctor. Y sin esperar la respuesta le dio la espalda y se fue caminando con toda la calma que había podido penosamente arracimar durante aquellos últimos días. Cruzó la calle y se sentó en la banqueta. Ahí siguió fumando. La mujer lo miró irse, contempló el viaje cansino del detective y luego cerró el portón de un golpe seco.

Al atardecer llegaron dos o tres adolescentes y se sentaron en la banqueta cerca del detective. Poco después apareció José Independiente Mondragón.

—Te van a matar, menso —le dijo el adolescente a Belascoarán en un susurro.

—Culpa tuya, güey, me pusiste detrás del que no era.

—Yo no fui. En el baile estaban los dos hermanos, ¿qué culpa tengo yo de que te hicieran pendejo, de que creyeras que uno era otro? ¿Qué, no traías foto?

—Consígueme un refresco y estamos en paz —dijo Héctor poniéndole en la palma de la mano una moneda de mil pesos.

Al anochecer una vieja vino con una silla y se sentó cerca de Héctor, contemplando también la casa de los Bárcenas. Cuando empezó a llover la vieja desapareció durante quince minutos sólo para regresar armada de un paraguas.

La lluvia no duró más de una hora. Luego volvió el calor levantando nubecitas de vapor del asfalto.

Héctor durmió un rato apoyado en la pared. Los adolescentes fueron por mantas y durmieron en el quicio de una puerta, sobre cartones de cajas de cerveza.

Al amanecer llegaron seis o siete indígenas con sus machetes colgando del cinto. Miraron a Belascoarán con curiosidad, verificando tan sólo su presencia. Héctor les dirigió una sonrisa.

La casa había permanecido toda la noche con las luces encendidas. De vez en cuando se movían levemente las cortinas de la sala. Héctor adivinó entre los visillos blancos el rostro agrio de la viuda que no lo era.

El sol mañanero picaba fuerte y Héctor pidió a José Independiente Mondragón que le consiguiera un sombrero. El adolescente llegó poco después con un sombrero de palma de ala ancha. Héctor pidió permiso para orinar en una casa vecina. A mediodía apareció la mujer de los tacos que lo había recibido una semana antes al llegar al pueblo. Héctor invitó a comer a campesinos y adolescentes. La vieja que estaba en la silla había traído unos tamales. Luego, un poco más tarde, como a las cinco, llegaron en bola, bromeando, carcajeando, medio centenar de obreros de la fábrica de hielo, un vendedor de globos, los maestros de la secundaria. Uno, el menos tímido, se acercó a Belascoarán y le palmeó la espalda. Luego, arribaron como ciento cincuenta de sus alumnos. La congregación tenía además algunos mirones: un puestero con una tienda de tacos de carnitas adosada al frente de la bicicleta, un vendedor de leña y media docena de niñas.

Cuando la luz comenzó a ceder, llenando el horizonte de nubes color rosa mexicano, apareció el Ford Falcon tuerto en la esquina. Héctor se tocó el lugar del corazón donde, cubierta por la chamarra, traía la .45 en su funda. La certeza no le produjo seguridad. Del automóvil bajó un solo hombre que el detective reconoció sin dudas, y asoció a la sombra, a la voz de mando de los que habían intentado matarlo. A lo mejor no era, pero si no era, para Belascoarán sí era. De esos materiales inexactos se hacen las certezas. El tipo, contoneándose, llegó hasta la puerta de la casa y tocó usando la enorme aldaba. Esta vez no abrió la viuda, sino un Bárcenas nuevo, el verdadero, el difunto real que no lo era. Se parecía enormemente a su hermano, sólo que más urbano, más seco, un poco más chaparro. Vestía un traje negro, con corbata de lazo, como si estuviera de luto por sí mismo. Judicial y difunto cambiaron un par de palabras y muchos gestos. Héctor comenzó a ponerse de pie. Sacó un nuevo cigarrillo y lo encendió paladeando golosamente el primer toque. Se rio.

—¿De qué te ríes, detective? —preguntó José Independiente Mondragón, celoso escudero.

—Me acordé de una canción.

—Así nomás.

—Dice: «Chinga tu madre, dijo un enano,/ chinga la tuya y estamos a mano.»

—¿Y qué? ¿Qué sacas de eso?

—No, nada... O bueno, algo: hasta con los enanos hay que emparejar las cuentas.

Bárcenas y el judicial avanzaban hacia él.

Éste sí era igualito a la foto. Por las dudas Héctor sacó la fotografía y comparó. Sí. No era cosa de que hubiera tres hermanos. Desde luego no era el falso, el Ramón.

Bárcenas comenzó a gritar antes de cruzar la calle. El rostro se le enrojecía.

—... reputa madre, ¿qué me quiere? ¡Yo qué rechingaos...!

—Te vamos a matar, culero —dijo el policía judicial.

—¿Tú y cuántos más, pendejo? —contestó Héctor recordando el desplante, las frases rituales que se usaban en la secundaria. Recordando también, como en un *flash*, que en la secundaria solía perder las peleas, salir de los enfrentamientos con la boca sangrante.

El policía se mordió los labios. Luego le dio una palmada a Bárcenas y se dirigió hacia el Ford. Bárcenas siguió gritando incoherente:

—¿No entiende que aquí no puede hacer nada? Aquí mandamos nosotros.

Héctor contempló con el rabillo del ojo al judicial que se había alejado como treinta pasos, sacó de su pequeña mochila la cadena de bicicleta que ya había usado anteriormente y un candado y se los pasó a José Independiente. Bárcenas ni siquiera se dio cuenta.

—La ley son estos amigos míos. Aquí...

Héctor sacó la pistola y se la puso entre los ojos. Bárcenas dejó de gritar.

—Señor Bárcenas, nos vamos —dijo Belascoarán consciente de que los observadores estaban atentos a sus actos. Y le dio un cachazo. Bárcenas movió las manos con un aspaviento dándole un golpe en la boca mientras se desmoronaba. Héctor sintió cómo la sangre brotaba por los labios rotos, tomó la cadena de bicicleta, la pasó por los brazos del desvanecido y le puso el candado. Se echó a Bárcenas sobre los hombros y comenzó a correr hacia el otro lado de la calle. La multitud se cerró a sus espaldas. Por los gritos adivinó que los judiciales estaban reaccionando. Al llegar a la esquina detuvo una *pick-up* cargada de verduras y echó a Bárcenas como un fardo sobre lechugas y calabazas. Luego saltó al asiento delantero. Con un gesto señaló la salida del pueblo al aterrorizado chofer. A sus espaldas se oían gritos y claxonazos, luego disparos. Esperaba que al aire. La multitud seguía bloqueando la calle. Algunos corrían. No pudo ver más.

XII

> *Y siempre el miedo a los perros, a los cuchillos,*
> *en las largas y frías noches bajo una luna enemiga.*
>
> Sheila Finch

Cuando amorosamente y con ánimo meteorológico se está mirando hacia el cielo, lo menos que se espera es que un cuerpo caiga encima de uno desde las alturas. De cualquier manera, se tiene la ventaja de que el cuerpo se ve venir y no es como la maceta o el ladrillo inesperado.

El tipo cayó desde el segundo piso del hotel justo cuando Héctor salía por la puerta abanicándose con un periódico, buscando una nube bienhechora y tratando de encender un cigarrillo al mismo tiempo. Con el cuerpo, que se dio un tremendo costalazo, cayó la escopeta. Un trapecista fracasado, un pájaro nalgón y torpe con guayabera azul y sin la gracia del vuelo. Héctor miraba hacia arriba cuando lo vio resbalarse. Quizá la mirada del detective había sorprendido al tipo que se estaba acomodando y se resbaló del susto, quizá un pájaro salvador lo había atacado o un reborde suelto del muro.

El caso es que el detective no sólo saltó a un lado para evitar el impacto; también y de inmediato, contempló otras posibles fuentes de agresión que vinieran por la soleada calle.

Sólo silencio. La calle estaba vacía bajo el justiciero sol de las doce de la mañana. Vacía y brillante, llena de luz reflejada en las paredes blancas, en el asfalto roto por raíces de árboles potentes, en el latón brillante de los botes de basura, en los anuncios chillones del cine que advertían el estreno de *Tiburón 3*.

Repasó ambos lados y, guardando la espalda contra la pared del hotel, por primera vez le dirigió una atenta mirada al hombre que había caído frente a él y que se quejaba despacito. Al lado del hombre estaba la escopeta.

—Por tu madrecita santa, una ambulancia, mano —dijo el gordo de la guayabera azul que se había roto media madre al caer desde el segundo piso del hotel. La cabeza le sangraba de mala manera y una pierna estaba sin duda rota, en una posición antinatural.

—¿Y tú de dónde saliste, mano? —preguntó Héctor.

—De arriba, de arriba.

—¿Y esa escopeta?

—No, pues quién sabe... Una ambulancia, amigo.

—Ahorita mismo —dijo Héctor y volvió a entrar en el hotel. Bárcenas estaba esposado al lavabo de loza intentando rascarse el brazo izquierdo.

—Vámonos —dijo Héctor interrumpiendo las contorsiones.

—¿Y ahora qué pasa?

—Nada, que vuelan cabrones con escopetas de los techos.

—¿Ya ve?, lo van a matar.

—Se me hace que al que quieren matar es a usted, porque al fin ya está muerto. Yo que usted colaboraba y le echaba velocidad... Quiero salir por la lavandería de atrás.

Bárcenas alzó los hombros, acostumbrado a los movimientos bruscos en su relación con el detective. Héctor abrió la puerta y sacó la .45 de la funda sobaquera. Pasó el cartucho a la recámara. El pasillo del hotel estaba desierto. Había algunas botellas en las puertas de los cuartos, puestas ahí para que las huellas de la borrachera se espantaran y poder empezarla de nuevo sin culpas. Héctor tiró de la cadena de bicicleta y arrastró a Bárcenas. Bajaron hasta el primer piso y ahí el detective usó la escalera posterior que daba a una lavandería en la parte de atrás del hotel. Cruzaron ante una mujer que planchaba y que ni siquiera levantó la vista.

—¿Y en qué nos vamos a ir de aquí? —dijo Bárcenas—. Ni tienes carro.

—Vamos a caminar hasta las afueras del pueblo. Y luego ya veremos.

—¿Así? —preguntó Bárcenas mostrando sus manos amarradas.

—No se me ocurre de otra manera.

Héctor se asomó al callejón. Estaba vacío. Tiró de Bárcenas y éste avanzó renqueando. Héctor detuvo con un gesto un taxi que pasaba por la esquina. El taxista los miró raro, dudando.

—Es para un programa de televisión —dijo Belascoarán muy serio. El taxista dudó y Héctor aprovechó para subirse al coche empujando a Bárcenas. Cuando el coche arrancaba, de la lavandería salió una figura conocida, el agente renco de voz aflautada que Héctor había visto a lo lejos en el baile cuando encontró por primera vez al Bárcenas falso. El renco alzó la escopeta y soltó los dos disparos sin apuntar. El vidrio trasero del taxi se deshizo. Una esquirla le cortó la ceja al detective sobre el ojo muerto. El chofer dejó de dudar y salió chirriando llantas.

¿Dónde seguirse escondiendo? Pueblos alrededor de la capital, hoteles de mala muerte, de tercera, segunda y primera. La sensación de que todo era terreno pantanoso y nada más. El calor, el bochorno. El tipo éste, que rumiaba historias incomprensibles y amenazas.

La imposibilidad de meterse tranquilo en una lonchería con un tipo encadenado. Ya México no era lo que había sido, el absurdo tenía límites. Había que esconderlo de afanadoras, llevarle desayunos. Transportarlo ante las miradas sospechosas. Mantenerlo vivo, al muerto, pues.

Iba dejando huellas de automóviles rentados, taxistas con el vidrio roto. Iba dejando rastros: un tipo mal afeitado con otro amarrado con una cadena de bicicleta. Se la ponía fácil.

Mientras se restañaba la sangre de la ceja con una toalla, Belascoarán pensó que hasta la suerte de los locos tenía límites. Bárcenas, encadenado a la puerta de un clóset lo miraba hosco.

—¿Y usted por qué se dejó morir?

—Por pendejo, porque le debía seis millones de pesos al jefe de la judicial del estado. Por andar pidiendo dinero prestado.

—¿Namás por eso?

—A huevo. ¿Usted cree que uno hace favores de éstos a lo güey? Yo estaba pedo y le debía seis millones de pesos a Ricardo Berlanga. Y pedos los dos, llega un día y me dice: «Hágame un favor, Lupe». Y yo le digo: «Para mandar, comandante». Y él me dice: «Estése muerto unos meses, no mucho, unos seis meses». Y yo le digo: «No faltaba más» y hasta me reí, de pedo que estaba; me hizo gracia lo de morirme seis meses. Nada, puras pendejadas de briago.

Héctor contempló bajo estas nuevas luces a su prisionero, amarrado como taco al pie de la cama con seis o siete metros de cuerda para persianas, se compadeció de él y le ofreció un cigarrillo encendido. El otro adelantó la mandíbula para tomarlo entre los dientes y agradeció con la cabeza.

Estaban en algún lugar en la costa oaxaqueña. Una urbanización con cabañitas y *bungalows* apoyados en el Pacífico. Héctor tenía sueño. Dormía mal con el muerto al lado. El difunto le recordaba otras muertes privadas, personales, enterradas en el final del arcoíris de la memoria. Se las traía a flote. El clima lo invitaba a fumar puros, pero ni tenía ni le gustaban. ¿Qué estaba esperando la abogada? ¿A tener dos muertos de verdad en lugar de uno de mentiras?

Poner cara de bobo y dejar que el paisaje bajo los pies retornara no era lo suyo.

Héctor caminó hasta el teléfono y pidió una larga distancia con el DF. Mantuvo con la abogada una conversación sin exceso de palabras, como de agente secreto de películas de los sesenta.

—¿Ahora sí? ¿Estás segura? No, yo sí estoy seguro, éste es el bueno.

Luego colgó.

XIII

> *Tu país en esta historia llena de tu país.*
> *Variaciones sobre una línea del poeta.*
>
> Juan Gelman

Cada vez que se presentaba un nuevo grupo la multitud aullaba. Héctor nunca hubiera supuesto que los marimberos tenían *grupies*. Fans organizados de la Marimba Aires del Suroeste, adoradores activos de las Maderas de Campeche, grupos de choque adictos a la Marimba Brisas del Golfo, recontrafans de Sonidos Mágicos del Caribe. Ni sólo sabiendo que no se sabe nada...

El Teatro Principal estaba a rebosar; además de los fans, había un millar de estudiantes de secundaria con variados uniformes y, en las primeras filas, los cuadros de la clase política. Héctor estudió los pasillos de acceso, el central y el izquierdo; el derecho estaba bloqueado por los técnicos de sonido. Localizó a los guardaespaldas y los policías. Bultos en la cadera, sacos deportivos cuando el día no obligaba más que a la uniforme guayabera. Si no tuviera que cumplir una misión, el detective tuerto hubiera gozado el Primer Concurso Nacional de Marimbas con opción para los tres ganadores de una fugaz aparición en televisión y un pase mágico con viaje en camión con aire acondicionado, a las semifinales a celebrarse en Guatemala, y la final en Veracruz dentro de tres meses.

¿Ahora?, ¿en el intermedio?, ¿al final?

Optó por darle prisa al asunto. Caminó hasta el *hall* del teatro perseguido por el repique de las marimbas y se detuvo ante la puerta de un clóset de limpieza donde había dejado a Guadalupe Bárcenas encadenado. En la entrada, fiel, estaba la abogada fumándose un cigarrillo.

—¿Cómo la ve?

—Ahora es tan buen momento como cualquiera, y mejor ahora que al final —dijo Héctor secándose el sudor de la frente con la manga de la camisa.

Héctor entró en el cuarto de limpieza y observó un desolado Bárcenas encadenado a un tubo de ventilación entre escobas y mechudos.

—¿Qué pedo?, ¿pa' largo?

Sin responder, el detective abrió el candado y tiró de Bárcenas; el contrahecho personaje quedó momentáneamente cegado al salir al *hall*. La música de las marimbas los golpeó de lleno.

La licenciada abrió el paso deslizándose por el pasillo central, seguida por Héctor que arrastraba tras de sí a Bárcenas.

Cuando casi arribaban a la tercera fila, dos policías de la secreta se interpusieron.

—Aquí tengo al muerto, señor gobernador —gritó teatral la licenciada Calderón.

Un par de periodistas se acercaron, tras ellos, dos fotógrafos que comenzaron a tomar fotos de Bárcenas. El gobernador levantó la vista buscando el origen del ruido.

—Señor gobernador, aquí está el muerto —repitió Marisela Calderón Galván.

El gobernador pareció salir del ensueño marimbero e hizo una señal para que los guaruras no intervinieran. Marisela aprovechó para acercarse, pisando a la esposa del director estatal de la Conasupo y aplastando una bolsa llena de mangos, que tenía a sus pies la prima del director regional de Turismo, mientras cruzaba entre los asientos. La música no cesaba. Nada podía impedir que las marimbas triunfantes y wagnerianas compitieran por el premio que llevaría a la gloria chapina o jarocha a los ejecutantes.

—Éste es el hombre que decían que estaba muerto, el que decían que mató Medardo Rivera —dijo la licenciada señalando a un envarado Lupe Bárcenas, que era impulsado por Belascoarán hacia el centro del pequeño tumulto.

—¿Usted cómo se llama? —preguntó el gobernador.

—Guadalupe Bárcenas, señor gobernador —musitó el otro desde el pasillo.

El secretario de gobierno apareció tratando de llevarse a Marisela. El gobernador se puso de pie y salió al corredor. Entre empujones se formó una nueva comitiva que abandonó el teatro ascendiendo por la rampa del pasillo principal.

Al salir al *hall* el secretario de gobierno se había colocado al lado del gobernador y cuchicheaba.

—Señor gobernador, espero que usted tenga una sola palabra y que cumpla sus promesas —dijo Marisela enrojecida. Un policía la empujaba.

—Yo sólo tengo una palabra —dijo el gobernador.

—Señor, no sería conveniente... —sugirió el secretario de gobierno.

—Le entrego a Bárcenas, fírmeme una orden ejecutiva para sacar de la cárcel a Rivera.

—Procederemos con los trámites de acuerdo con las relaciones entre el poder Ejecutivo y el Judicial.

—Ahora, señor gobernador, ni un minuto más. Han tenido tres meses en la cárcel a un hombre acusado de un asesinato que no existió —dijo Marisela sacando del morral un documento medio ajado. El gobernador ojeó el texto. Belascoarán contempló al gobernador. Guadalupe Bárcenas los miró a todos. A sus espaldas un mural bastante mediocre mostraba a fray Bartolomé de las Casas liberando de cadenas a los indígenas ante la mirada iracunda de un conquistador.

—¿Es éste el señor Bárcenas? —preguntó el gobernador a su secretario de gobierno.

—Eso creo —contestó el aludido. Los periodistas estaban llegando. Se les veía venir moviendo sus cuadernitos de taquigrafía y aprestando sus cámaras.

El gobernador firmó el papel. Héctor le entregó la cadena de bicicleta al secretario de gobierno, que la tomó con dos dedos, como haciéndole ascos a la inexistente grasa. Marisela se apoderó del papel y tomando al detective de la mano tiró de él hacia la salida.

Bajaban las escalinatas corriendo cuando el secretario de gobierno los alcanzó.

—¿Sabe qué, lic? —le dijo a Marisela—. Con todo respeto, no tiene usted madre. Pero lo que se dice no tener madre; se aprovecha de que el góber es un pendejo.

Belascoarán se llevó la mano a la bolsa y sacó una paleta de caramelo rellena de chicle. Lo mismo podía haber sacado su pistola, el tipo no le inspiraba la más mínima simpatía. Comenzó a chupar la paleta divertido.

—Abusa usted de que el góber es un pendejo para hacernos esto —insistió el secretario de gobierno.

Marisela, como si no hubiera escuchado, continuó arrastrando a Héctor hacia el estacionamiento en el que terminaba la escalinata del Teatro Principal, ondeando en la otra mano el papel que daría la libertad a Rivera. De repente se frenó y, como si se hubiera convertido en un personaje de película, en cámara lenta giró la cabeza para dirigirse al secretario general de gobierno, que se había quedado detenido a mitad de la escalinata de piedras rojizas.

—¿Conque el góber es un pendejo, eh? ¿Por qué no va y se lo dice a él? —gritó la licenciada Marisela Calderón sonriendo con sus maravillosos ojos verdes.